KB120088

내 안에 미운 사람이 사라졌다

내 안에 미운 사람이 사라졌다

지은이 | 이백용·송지혜
초판 발행 | 2020. 2. 5.
등록번호 | 제1999-000032호
등록된곳 | 서울특별시 용산구 서빙고로65길 38
펴낸곳 | 비전과리더십
영업부 | 2078-3352   FAX | 080-749-3705
출판부 | 2078-3331

책 값은 뒤표지에 있습니다.
ISBN 979-11-86245-34-7 03810

독자의 의견을 기다립니다.
tpress@duranno.com   www.duranno.com

비전과리더십은 두란노서원의 일반서 브랜드입니다.

이백용·송지혜 지음

관계와 일에 탁월한 성과를 내는
성격 사용 설명서

내 안에 미운 사람이 사라졌다

비전과 리더십

"어쩜 이렇게

사랑은 어렵고

미움은 쉬울까"

"흥미진진한 스토리 속에 인간 특성에 대한 지혜가 녹아 있다."

갈등 없는 조직은 극단적으로 말하면 죽은 조직이다. 다양한 성격의 사람들이 자기 방식대로 일하다 보면 갈등이 일어나는 것은 당연하다. 심하면 후배, 동료나 상사가 밉기도 하고 한심해 보일 때도 있다. 하지만 이건 전적으로 우리가 상대의 특성을 이해하지 못한 데서 오는 오해이다. 이 책은 개개인의 성격 특성이 일하는 데 어떻게 발현되는지, 함께 최고의 성과를 내려면 어떻게 그 특성을 고려해야 하는지를 알려 준다. 특히 네 가지 대표적인 성격 유형을 직관적으로 이해할 수 있고, 쉽게 진단할 수 있어서 더욱 유용하다.

이 책에는 한 기업에서 일하는 다채로운 등장인물들의 흥미진진한 스토리가 펼쳐진다. 단번에 읽어 내릴 정도로 흡인력 있는 문장과 성격 유형에 대한 지식과 함께 일하며 성과를 내는 지혜가 녹아 있는 이 책을 모든 직장인들이 읽기를 권한다.

고현숙_국민대학교 교수, 코칭경영원 대표코치

"90년생이 아니라 900년생이 온다고 해도 강력한 팀워크는 포기할 수 없다."
단순함과 솔직, 병맛 감성의 90년생이 직장에 들어왔다. 소확행과 워라밸의 시대이다. 야근에 대해서는 공짜 노동이라고 거부하지만 자기 개발을 위해서라면 수십만 원을 투자하는 것도 서슴없다. 그들은 회의 시간에 '그건 제 일이 아닙니다'라고 말하기를 주저하지 않는다. 이런 모습을 보며 그동안 규율과 질서에 익숙한 팀장들은 당황스럽기만 하다.

그렇다. 우리는 모두 서로가 한 번도 경험하지 못한 새로운 시대를 살고 있다. 시대도 다르고 세대도 다르다. 서로 다른 세대를 살아 온 사람이 머리를 맞대는 일이란 힌트 없는 방정식을 풀어야 하는 것과 같다. 사람의 성격을 안다는 것은 시대를 초월하는 지혜의 상수이다. 복잡한 방정식에서 상수를 발견하는 것은 행운이다. 그런 의미에서 이 책은 다양한 사람들과 함께 일하는 조직, 초년생과 팀장들, 그리고 경영자들에게 '팀워크를 이루는 상수'가 되어줄 것이다.

우리는 이 책을 통해 90년생이 아니라 900년생을 만나더라도 서로 팀워크를 이룰 수 있게 될 것이다.

 김경민_가인지캠퍼스 대표

"신바람 나게 일하고 성과까지 올릴 수 있는 일석이조의 기쁨."

많은 사람이 직장에서 스트레스를 받는 가장 큰 이유는 일보다 주변 사람 때문이라고 말한다. 그런데 깊게 들여다보면 상대가 나를 괴롭게 하는 경우보다 내가 서로 다름을 이해하지 못해서인 경우가 많다.

이 책은 직장인들의 갈등과 스트레스는 사람마다 성격이나 기질이 다른 데서 온다고 말한다. 서로 다른 기질은 나름의 가치관과 욕구를 만들고 그 결과 사람마다 일하는 방식과 사고하는 방식이 달라지는데, 그 덕에 사람들은 서로 갈등을 일으킨다는 것이다. 그래서 이 책은 서로 다른 네 가지 유형의 기질을 소개하고 유형별로 일하는 방식, 강점과 약점을 이야기한다. 특히 독자가 이해하기 쉽도록 소설 형식을 이용해 술술 읽히도록 했다.

직장인이 직장에서 행복하지 않으면 삶이 고달플 수밖에 없다. 이 책을 통해 많은 직장인이 서로의 다름과 강점을 이해함으로써 스트레스는 줄이고, 상호 에너지를 불어넣어 신바람 나게 일하는 조직문화를 만들어 가기를 기원한다. 나아가 조직의 성과까지 올릴 수 있는 일석이조의 기쁨을 만끽하기 바란다.

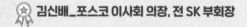 김신배_포스코 이사회 의장, 전 SK 부회장

"진정한 소통이 성과로 이어지는, 정말 속이 후련한 책."

이 책의 주인공인 신나리는 어쩜 이리도 나를 닮았을까. 언제나 사람들에게 좋은 걸 주려고 노력했고, 회사 일을 최우선에 두고 열정적으로 해 왔는데, 사람들은 왜 나를 어렵고 힘든 사람이라고 할까 늘 궁금했다. 게다가 엇나가고 있는 직원들에게도 무엇이 문제인지를 알고 있지만 말해 줄 방법이 없었다. 잘못 말하면 상처가 될 수 있다는 생각에 입을 열기가 힘들었기 때문이다. 어떤 직원은 열정적으로 일을 잘 처리하고 능력까지 있기에 팀장으로 세우고 연봉까지 파격적으로 올려 주었지만, 부하직원 관리가 잘 되지 않아 곤욕을 치르기도 했다.

그런데 이 책을 통해 답을 찾았다. 진정한 소통과 이를 통해 성과로 이어질 수 있는 방법을 알려 주는, 정말 속이 후련한 책이다. 회사를 경영하며 정말 이런 책을 기다렸다. 모든 직장인과 경영인에게 꼭 추천하고 싶다.

 남미경_한만두식품 대표

"역 멘토링의 시대, 조직의 리더십이 달라진다."

인류 역사상 최고의 발명이 조직(Organization)이라고 한다. 조직은 살아 움직이는 생명체라고 볼 수 있다. 이러한 조직의 생사에 영향을 주는 다양한 인자가 있는데, 그중 가장 큰 비중을 차지하는 것이 바로 리더다. 아무리 잘 짜인 조직이라도 경청할 줄 모르는 독단적 리더를 만나면 반년을 채 넘기지 못하고 순식간에 무너져 내린다. 이는 비단 조직의 성과뿐 아닌 구성원과 그 가족에게도 적지 않은 영향을 주게 된다.

소위 밀레니엄 세대가 조직에 들어오고 있다. 그들의 사고와 행동 양식은 기성세대와는 상당히 달라 보인다. 그들은 선배들이 상상도 못 할 정도로 빠른 적응력과 고도의 능력을 갖추고 있다. 얼마 전까지만 해도 신입사원은 선배들이 시키는 대로 순종하면서 기존의 시스템이나 문화에 적응하며 눈치껏 따라 할 줄 알아야 쓸 만한 인재로 여겨졌지만, 요즘엔 오히려 그들로부터 사고와 행동 방식을 배워야 하는 역 멘토링의 시대가 온 것이다.

조직이 원하는 리더십의 형태도 달라졌다. 이제는 혼자 주인공이 되어 조직을 이끄는 강한 카리스마형 리더보다는 구성원과 공감하는 진정성 있는 리더십이 필요한 때가 되었다. 유능한 인재가 조직 생활을 포기하는 이유를 들어 보니 '회사'가 아닌 '상사'가 싫어서라고 한다. 개인의 의사나 아이디어가 제대로 받아들여지지 않은 채 상사가 시키는 대로만 일해야 할 때, 오직 조직을 위해 정신적, 육체적인 희생을 강요받을 때 조직의 소모품이라는 생각이 들게 된다는 것이다. 회사로서든 개인으로서든 안타까운 일이 아닐 수 없다. 과연 이러한 격변의 시대에 최고의 조직을 어떻게 만들 수 있을까? 그 질문에 대한 답이 이 책에 담겼다. 이 책의 저자는 회사 경영자를 거쳐 얻은 다양한 경험을 바탕으로 십여 년간 유수의 기업 경영인과 리더를 코칭해 온 실전 경험이 풍부한 베테랑이다. 이 책은 단순히 기존의 이론이나 학문적 성격을 띤 딱딱한 코칭 지침서가 아니다. 갈등 상황과 조직 불화, 성과 부진이라는 최악의 상태에 빠진 조직이 구성원 간에 허심탄회하게 소통하며 개인 기질에 따른 맞춤형 관계를 구축함으로써 집단지성에 의한 최고의 성과를 내는 조직으로 거듭나게 되는 감동스러운 과정을 소설 형태로 그려 냈다. 조직 몰입도와 구성원 간 공감대를 높이고자 하는 리더뿐 아니라 자아실현을 통해 행복한 조직 생활을 하기 원하는 직장인들에게도 매우 유용한 책이 될 것이다.

★ 박종일_LG MMA 대표

"현대 조직판 지피지기 백전불태."

행복한 직장생활을 하는 데 첫 번째 요소가 인간관계일 것입니다. 좋은 인간 관계를 유지하려면 먼저 남을 알아야 합니다. 손자병법에서는 이것을 지피 지기 백전불태(知彼知己 百戰不殆), 즉 '상대를 알고 나를 알면 백번을 싸워도 위 태롭지 않다'라고 했습니다. 특히 조직에서는 제일 중요하면서 먼저 알아야 할 사람이 상사입니다. 상사의 성격 유형을 제대로 알고 적절히 대응하면서, 내 강점을 살려 내는 기술만 숙달해도 직장생활은 행복해질 수 있습니다. 이 책이 직장생활을 행복하게 만드는 데 큰 도움이 될 것입니다.

박창규_리더십 코칭 전문가, 마스터코치(MCC)

"리더십 발휘의 당혹감을 겪고 있는 이들에게."

리더십의 핵심은 소통과 공감이라고 하는데, 대부분의 리더가 이를 힘들어 하는 것은 자신과 상대방의 성격과 기질을 제대로 이해하지 못하기 때문이다. 저자는 이 문제에 대한 명쾌하면서도 효과적인 해결책을 제시하고 있다. 이 책을 읽다 보면 왜 많은 조직원들이 소통을 어려워하는지 이해하게 된다. 또한 등장인물들이 갈등을 해결하는 과정을 통해서 저절로 고개를 끄덕이게 된다. 이야기를 따라가다 보면 현장에 와 있는 듯 실감이 나면서, 함께 문제 해결의 방향성을 찾게 한다.

이 책은 오랫동안 성격 이해를 통한 행복한 관계 만들기의 전문가로 활동해 온 저자의 수많은 임상 경험을 바탕으로 숙성된 작품이다. 상사, 동료, 부하 들과의 소통과 공감에 어려움을 겪고 있는 리더들에게 필독을 권한다. 특히 밀레니엄 세대가 등장함에 따라 리더십 발휘의 당혹감을 경험하고 있는 사 람들에게 큰 도움이 될 것이라고 확신한다.

한정화_한양대학교 경영대학 특훈교수, 아산나눔재단 이사장, 전 중소기업청장

목차

갈등이 심한 조직은 높은 성과를 낼 수 없다

우리나라는 지난 수십 년간 세계가 부러워할 정도의 고속 성장을 이루었다. 그 결과 2차대전 이후 민주화와 경제 성장을 동시에 이룬 나라로 인정받았다. 최근에는 세계에서 일곱 번째로 30-50클럽[1]에 가입하는 성과도 이루었다. 이는 국민들의 수고와 희생으로 이루어진 것이며, 많은 기업이 중요한 역할을 했음을 부정할 수는 없을 것이다.

그러나 지금 우리 기업들은 큰 변화의 소용돌이 속에 있다. 국내외 정치적, 경제적 어려움은 물론이고, 급변하는 노동 환경 탓에 적은 시간에 더 많은 성과를 내야 하는 어려움에 처했다. 과거의 카리스마적 리더십은 더 이상 통하지 않는 유물이 되어 버렸다. 열심히만 일하면 되었던 '열심주의' 문화에서 성과를 내야 하는 '성과주의' 문화로 변화했다. 개인보다 조직을 더 중요시하던 이전 세대들은 개인의 가치를 내세우는 젊은 세대와 소통의 틈새조차 찾지 못하고 계속해서 충돌한다. 곳곳에 해결해야 할 과제가 산적해 있다.

이런 어려운 상황에서는 조직 내 갈등이 과거보다 더욱 크게 부각될 수밖

---

1 1인당 국민소득 3만 달러 이상 인구가 5,000만 명 이상인 국가.

에 없다. 단언컨대, 갈등이 심한 조직은 높은 성과를 낼 수 없다. 지금까지 직장인으로, 경영자로, 대기업 임원들과 중소기업 사장들의 비즈니스 코치로 지내면서 '내부 갈등이 심한 조직이 높은 성과를 내는 경우'를 본 적이 없다.

조직 내에서 일어나는 대부분의 갈등은 근본적으로 서로의 성격과 기질 차이를 알아야만 해결할 수 있다. 기질 차이를 인정하는 것은 나와 다른 사람이 잘못되거나 틀리지 않았다는 것을 인정하는 것이다. 사람들을 창조된 모습 그대로 봐 주는 것이 곧 인간 존중이다. 그런 마음이 있을 때 '나 중심적 사고'에서 벗어나 '상대방 중심적 사고'의 틀로 전환이 가능하다. 그리고 이렇게 변화된 조직은 조직원 모두가 즐거운 마음으로 일에 몰입하여 기대 이상의 높은 성과를 내게 된다. 지금 우리 기업들이 추구해야 할 '진정성 리더십'은 모든 사람이 나와 다르게 창조되었고, 다른 것은 틀린 것이 아니라는 사실을 인정하는 데에서 출발해야 할 것이다.

이 책은 타고난 기질적 차이 때문에 일어나는 갈등과 그것을 해결하는 방법을 다뤘다. 직장 내에서 쉽게 보이는 네 가지 기질에 중점을 맞추었고, 그 기질을 이해하고 소통하여 팀 시너지를 내는 방법을 좀 더 쉽게 설명하기 위해 소설 형식을 사용했다. 좀 더 자세한 '열여섯 가지 성격 유형과 기질'에 대한 이해를 위해서는 전작《남편 성격만 알아도 행복해진다》,《아이 성격만 알아도 행복해진다》,《결혼 후 나는 더 외로워졌다》를 참조하기를 추천한다.

또한 관계 회복 자체에만 목적을 두기보다 관계 회복을 통한 팀 시너지와 성과를 내는 방향에 초점을 맞추어 저술했다. 직장이라는 공간은 관계만 원만하다고 행복해지는 곳이 아니다. 함께 성취를 경험하고 원하는 목표 이상의 성과를 내야 행복에 이를 수 있다.

성격에 관한 책을 쓰기 시작하고 13년이 흘렀다. 그동안 수많은 방송사와 기관 및 기업의 요청을 받아 아내와 함께 강의를 했다. 더불어 상담과 코칭을 통해 여러 사람의 갈등이 해결되고 관계가 회복되는 모습을 볼 수 있었다. 우리의 강의와 코칭에 힘을 불어넣은 것은 바로 이 모든 과정에서 만나게 된 실제 이야기와 풍성한 사례들이다. 그간의 책이 많은 사랑을 받을 수 있었던 이유도 학문적 접근의 이론서가 아닌 실제의 경험들을 중심으로 다루고 있기 때문일 것이다.

사실 '성격 시리즈'의 대장정을 시작할 무렵, 가장 먼저 쓰고 싶었던 것이 직장 내 소통에 관한 책이었다. 그 책이 이제야 세상에 나오게 되었다.《내 안에 미운 사람이 사라졌다》가 나오기까지 많은 시간이 걸렸지만, 그만큼 더 많은 조직과 만나고, 사례를 접한 이후에 책을 쓰게 되어 감사할 따름이다.

세상의 모든 가정과 직장이 지금보다 더 행복해지길 바란다. 그리고 그곳에 속한 우리 모두가 좀 더 행복해지길 바라는 마음으로 오래된 소망을 세상에 꺼내 놓는다.

2020년 2월
이백용, 송지혜

유평화
패션사업부 본부장

레인보우의 창립 멤버로, 직원들은 그를 레인보우의 '태평양'이라고 부른다. 그만큼 직원들을 인격적으로 대하고 겸손하고 따뜻한 사람이다. 아무도 그가 화를 내는 모습을 본 사람이 없다. 최근 패션사업부의 존폐 위기로 회사 정리해고 1순위라는 소문이 돌고 있다.

기획실

심차근
기획부 부장

패션사업부의 몸통이라고 해도 과언이 아니다. 디자인실, 생산실, 영업팀과 소통하며 레인보우 패션사업부의 전반적인 살림을 맡고 있다. 평소 꼼꼼하고 예리하며 냉철한 판단을 잘하기로 유명해 레인보우의 '매의 눈'으로 불리지만, 큰 그림을 보기보다 사소한 것에 목을 매는 성격 탓에 답답한 인사라는 평가를 받는다.

백전진
기획부 과장

입사 7년차인 그는 패션사업부의 '핵심 브레인'으로, 입사 이후 성과와 능력을 인정받아 전례 없는 고속 승진을 했다. 날렵한 얼굴과 또렷한 이목구비 덕분에 길에서 종종 배우로 오해하는 사람들을 만나기도 한다. 평소 스포츠를 즐기는 그는 강한 승부욕 탓에 레인보우의 '파이터'로 불린다.

디자인실

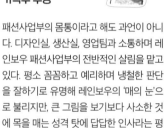

신나리
패션사업부 디자인실장

꽤 성공한 디자이너로, 한때 전국에 '봄봄 구두' 열풍을 일으킨 장본인이다. 과감한 디자인과 발상으로 디자인 어워드에서 최우수상을 거머쥐기도 했다. 진취적이며 창의적이라 일의 성과가 높지만 동료들은 그녀를 '감정은 메마르고 짐승처럼 일만 하는 사람', '생각도 없이 몸부터 뛰어나가는 사람', '이랬다 저랬다 일관성이 없는 사람'이라고 부른다.

엄예리
패션사업부 과장

일을 벌리기만 좋아하는 신나리와 함께 일하며, 주로 신나리가 벌려 놓은 일들을 수습하고 처리하는 정리 담당⑺이다. 예의가 바르고 주변 사람들을 챙기는 것을 좋아해 '엄예리는 엄예의'라고도 불린다.

1부

불편해

왜 갈등하는가?

ep1.

회의하자는 건지

싸우자는 건지

토요일 오후, 목욕을 마친 신나리는 젖은 머리카락을 수건으로 대충 휘감아 버리고는 소파에 벌러덩 드러누워 TV를 켰다. 평소에 극단적으로 열심히 살았던 보상으로 스스로에게 휴식과 재미를 선사하고 싶었다.

문제는 방송 채널이었다. 리모컨을 누르고 또 눌러도 홈쇼핑이나 광고만 줄기차게 나오는 것이 마음에 들지 않았다. 흥미로운 채널을 발견하지 못한 채 리모컨 버튼만 눌러 대는 손가락 노동을 하고 있노라니 이것조차 일처럼 느껴져 짜증이 났다.

그러다가 문득 시선이 머무는 채널이 있었다. 지나간 영화였는데, 흉측한 괴물이 나오는 것도 모자라 노트에 이름을 적으면 그 사람이 죽음에 이른다는 내용이었다. 신나리는 인상을 찌푸리며 TV를 꺼 버렸다.

'이름을 적으면 죽는 노트라니 끔찍하네. 차라리 누구든지 이름만 쓰면 서로 사랑하게 되는 노트는 없을까? 어쩜 이렇게 사랑은 어렵고 미움은 쉬운 것일까?'

신나리는 손가락 끝으로 머리를 지그시 눌렀다. 또 두통이다. 미세한 전자의 파동처럼 무언가가 머릿속을 살살 밟고 다니는 것만 같았다. 며칠째 사라지지 않는 두통 탓에 병원에도 가 봤다. 의사는 심드렁하게 스트레스 탓이라고만 했다. 신나리는 '그런 소리는 나도 하겠다'는 생각을 하며 다시는 이 병원에 가지 않겠다고 마음먹었다.

사실 이 두통의 주 원인을 신나리도 모르지는 않았다. 지난 금요일 패션사업부 회의에서 있었던 일은 정말이지 두 번 다시 겪고 싶지 않은 끔찍한 사건이었다.

'아무리 이해하려고 해도 도무지 이해가 안 되는 인간들. 괘씸한 사람들 같으니. 난 언제나 자기네들을 위해 최선을 다했는데, 어떻게 나한테 그럴 수가 있지?'

신나리는 '레인보우 패션사업부' 디자인실 실장이다. 아동복 디자인 경험을 살려 여성복 브랜드인 '프린세스' 론칭을 주도했고, 전국에 일명 '봄봄 구두' 열풍을 일으켰던 장본인이다. 봄봄 구두는 발레슈즈에서 착안한 핑크색 플랫슈즈로, 해외 수출로도 이어졌던 역대급 히트작이었다. 국내에서는 아무도 시도하지 않은 과감한 디자인과 동화적 발상으로 디자인 어워드에서 최우수상을 거머쥐기도 했다.

그녀는 꽤 성공한 디자이너였다. 하지만 회사 승진 심사에서는 번번이 탈락의 고배를 마셨다. 동료 평가 항목의 점수가 낮아 총점에서 늘 미끄럼을 탔기 때문이다. 사람들은 그녀를 '감정은 메마르고 짐승처럼 일만 하는 사람', '말해 봤자 통하지 않는 사람', '생각도 없이 몸부터 뛰어나가는 사람', '이랬다 저랬다 일관성이 없는 사람'이라고 평가하며 뒤에서 험담을 했다.

신나리는 억울했다. 그녀는 언제나 사람들에게 좋은 것을 주려고 노력했다. 어떻게 하면 동료들의 의견을 반영해서 좋은 결과를 낼 수 있을지 생각했고 힘써 도왔다. 회사 일을 최우선에 두고 자기 일처럼 열정을 다해 뛰었다. 그러나 신나리에게 돌아온 말들이 기가 막혔다. 순수한 마음으로 도왔던 그녀의 마음을 알아주는 사람은 없었다.

금요일 오후, 매출 확장을 위한 대책회의가 소집되었다. 레인보우 패션사업부는 한때 국내 제일 패션 브랜드로서 압도적인 매장 보유율과 높은 시장 점유율을 자랑했지만, 최근 들어 매장 폐점 수가 늘고 전체 매출 부진을 벗지 못하고 있다. 외부 전문가들은 레인보우의 브랜드 파워가 비틀거리는 것을 포착하여 각종 칼럼을 통해 원인 분석에 나섰다. 소비자의 라이프스타일 변화와 대형 쇼핑몰 위주로 재편되는 유통 시스템 등 이유는 다양했지만 그래서 뭘 어쩌란 말인가? 설상가상으로 올해 초, 강남 중심 상권에 대대적인 투자를 통해 설립된 브랜드 종합 쇼핑몰인 '레인보우 스퀘어'는 몇 달째 계속 매출 적자를 냈다.

패션사업부 본부장인 유평화가 입을 열었다.

"모두 레인보우 스퀘어의 심각성을 느끼고 있을 겁니다. 오늘은 매출 향상 프로모션을 포함한 대책회의로 진행하겠습니다."

기획부의 심차근 부장은 은색 안경테를 매만지며 말했다.

"결품² 관리 장부가 재고³와 서로 맞지 않습니다. 각 매장마다 로스⁴가 너무 많고요. 기본적인 상품 관리도 안 되는 것이 지금 레인보우 스퀘어의 시급한 문제입니다."

그때 디자인실 엄예리 과장이 일침을 가했다.

"그건 지난번 매장 판매 지원 나갔을 때 기획부 백전진 과장님이 리오더 프로세스⁵를 따르지 않았기 때문이에요. 절차대로 해야 하는데 백 과장님이 급하다면서 본사에 바로 주문해서 매장에 입고시키셨잖아요. 백 과장님, 절차 좀 준수해 주세요. 무슨 동네 구멍가게도 아니고."

백전진은 답답하다는 듯이 테이블을 탕탕 치며 말했다.

"그러게 제가 몇 번을 이야기합니까? 리오더 프로세스를 개선해야 한다고요! 고객들이 밀어닥치는데 언제 문서 작업을 하고 있습니까? 우리는 잠깐 판매 지원을 나간 것이지만 매장 매니저들은 고객 응대하는 데도 정신이 없습니다. 그런데 언제 문서 작업을 하느냐고요! 그러니까 결품 관리가 어려운 겁니다!"

심차근이 불쾌한 듯이 백전진에게 삿대질을 하며 말했다.

"백 과장, 지금 나 들으라고 하는 소린가? 프로세스 개선이 필요하다는 말을 하는 건 쉽지. 그래서 내가 지난번에 프로세스 벤치마킹 자료 정

---

2 불량이나 파손 등으로 정해진 수량에서 빠진 상품.

3 판매되지 않고 창고에 남아 있는 상품.

4 장부와 재고 품목이 맞지 않아 생기는 손해 금액.

5 이 책에서는 매장에서 본사에 상품을 주문하는 방식을 말한다.

리해 오라고 한 것 아닌가! 왜 자네는 시키는 일은 제대로 하지 않고 자기가 하고 싶은 일만 하느냐 말이야."

갑자기 회의 흐름이 엉뚱한 곳으로 흐르자 유평화는 두 사람을 말렸다.

"자, 진정들 하시죠. 서로 힘든 건 알겠는데 비난은 하지 말고 대책을 마련합시다. 백 과장님 이야기가 일리는 있어요. 매장에서 실제로 판매를 감당하는 매니저들이 우리 패션사업부 매출에 마침표를 찍는 분들 아닙니까? 그분들이 좀 더 효율적으로 일할 수 있도록 도와야죠. 고객이 옷을 사러 들어왔는데 일단 고객 응대를 잘해서 팔고 봐야 하는 건 맞죠."

심차근은 중요한 순간마다 백전진을 싸고도는 유평화가 못마땅했다. 본부장이 저렇게 공평하지 않고 대놓고 편애를 하니 직속 상사인 자신의 말을 듣지 않고 기고만장한 것이라고 생각했다. 아니나 다를까, 또 백전진이 목소리를 높였다.

"디자인실도 그렇습니다. 신나리 실장님, 제가 상품 기획 단계에서 소비자 동향 조사 결과 베이직한 상품이 더 많이 나와야 한다고 몇 번을 말씀드렸습니까? 장식이 많이 달린 옷은 단가도 비싼데 판매가 잘 되지 않는다고요. 정상가격 판매율이 자꾸 떨어지고 시즌 이월 상품으로 세일 넘어가는 것을 매번 보시면서도 왜 그렇게 고집을 부리세요?"

신나리는 가슴에 불이 나는 것 같았다.

"백 과장님, 저번에 제가 국내 최저 단가에 맞춰서 생산할 수 있게 업체 찾아서 뚫어 드렸잖아요. 품질 수준 유지하면서 단가 낮출 수 있는 공장 찾느라 온갖 인맥 다 동원했는데 거들떠보지도 않던 분이 누구죠? 며칠간 저뿐 아니라 디자인실 직원들 모두 고생했는데 그때 도대체 왜 그러신 거예요?"

이번에는 심차근이 말을 낚아챘다.

"그건 제가 반려했습니다. 기존 거래 업체와 계약 기간이 남아 있는데 아무 검증도 없이 갑자기 어떻게 업체를 바꿉니까? 실장님은 늘 그렇게 즉흥적인 게 문젭니다. 힘들게 발품 팔기 전에 물어보기라도 하셨어야죠."

신나리는 참다못해 심차근에게 소리를 질렀다.

"심차근 부장님! 지금 부장님이 우리 패션사업부의 병목인 거 아세요? 왜 그렇게 고리타분하고 고지식하세요? 지금 다 같이 패션사업부를 살리자고 달려들어도 모자랄 판에 뭐든지 안 된다, 잘못됐다, 그렇게 했어야 했다고 하면서 시비만 걸고 계시잖아요."

심차근도 지지 않고 언성을 높였다.

"고리타분이라뇨? 신나리 실장님이야말로 지금 디자인실의 역할에 대해서 옛 시절 그대로 생각하고 계신 것 아닌가요? 지금은 패션 회사에 디자인실 규모가 많이 축소되고 있어요. 왜인지 아세요? 좀 더 빠르게 소비자의 니즈에 발맞출 수 있도록 디자인실을 아예 거치지 않는 게 낫다고 판단하는 겁니다. 실장님은 왕년에 디자인 어워드에서 상 좀 받으셨다고 회사를 예술하러 다니시나 봅니다. 비즈니스로 작품 활동 하시면 안 되죠. 회사에서는 매출 중심으로 사고의 틀을 전환하셔야 할 것 같습니다만!"

"뭐, 뭐라고요? 지금 말씀 다하셨어요?"

결국 그날 회의는 갑론을박을 이어 가다가 백전진이 문을 박차고 나가면서 마무리되었다. 부서장들끼리의 감정 다툼으로 자연스레 부서원들도 서로 적대감이 깊어졌고, 소통은 매번 삐걱거려서 크고 작은 사고가 많이 일어났다. 이러한 사고의 반복은 사업부를 뒤흔들 만큼 치명적인 그림자로 다가오고 있었다.

ep2.

모든 일에는

규정과 절차가 있는 것 모르나?

"부장님, 이번 시즌 원가분석과 수익률 관리 전략 보고서입니다."

심차근 부장은 백전진 과장이 내민 보고서를 받아들고 눈으로 훑어 나갔다. 그러고는 뭔가 마음에 들지 않는다는 듯이 미간을 찡그렸다.

"백 과장, 여기 표 수식이 좀 잘못된 것 같군. 자네는 도대체 기본적인 수식도 못 맞추나? 그리고 원가 절감을 위한 비교 견적서는 어디 있나? 하라는 건 안 하고 전략만 잘 짜면 뭐 하나?"

백전진은 분한 마음으로 자리로 와 앉았다. 큰 그림은 볼 줄도 모르고 쪼잔한 것에만 집착하면서 신경을 곤두세우는 심차근이 너무 답답했다.

백전진은 올해 입사 7년차 과장이다. 날렵한 얼굴과 또렷한 이목구비 덕분에 길에서 종종 배우로 오해를 받기도 한다. 평소 축구를 좋아하고 스포츠를 즐기는 백전진은 무엇을 하든 꼭 이겨야만 직성이 풀리는 강한 승부욕 탓에 레인보우의 '파이터'로 불린다.

그런 그는 입사 이후 매출에 영향을 주는 여러 가지 핵심 지표를 개발하고 전 부서가 관리하도록 하는 성과를 인정받아 이례 없는 고속 승진을 했다. 백전진이 레인보우 패션사업부의 핵심 브레인이라는 것은 이미 공공연한 사실이다.

그러나 심차근의 눈에 그는 밉상 직원일 뿐이다. 직속 상사인 자신을 제쳐 두고 본부장인 유평화와 직접 소통하며 신임을 한껏 받는 그는 눈엣가시였다. 게다가 요즘은 유평화와 회장실까지 들락거린다. 군대로 따지면 하극상이 따로 없다.

심차근도 백전진이 일 잘하는 것을 부정하지는 않는다. 그러나 모든 성과가 마치 자신의 공로인 것처럼 묘하게 포장해 내는 모습은 눈을 뜨고 봐 줄 수가 없었다. 사내에서는 자신의 아이디어에 고유의 이름을 붙인 지식 표준화를 만들어 우수사원으로 몇 차례나 주목을 받았다. 백전진은 부서 전체의 성과로 돌려야 할 것을 가지고 마치 자기 혼자만의 성과인 듯 번지르르하게 포장한다. 생각만으로도 속이 울렁거리는 밉상 부하직원이다.

심차근은 기획부 부장이다. 패션사업부의 몸통과도 같은 기획부는 디자인실, 생산실, 영업팀과 소통하며 레인보우 패션사업부의 전체 '수익 관리'와 '적중도 관리'를 맡고 있다. 그는 평소 꼼꼼하고 예리하여 냉철한 판단을 잘하기로 유명해 레인보우의 '매의 눈'으로 불렸다. 별명에 걸맞게 그의 책상은 언제나 인테리어 잡지에 나오는 사진처럼 먼지 하나 없이 깔끔했으며 책장에는 서류 파일이 순서대로 찾기 쉽게 정리되어 있었다. 그는 5년 단위로 서류를 폐기, 정리했고, 무엇이 어디에 있는지 물어볼 때마다 정확히 알고 있었다. 한번은 심차근이 외부에 있을 때 타 부서에서 서류를 요청한 적이 있는데, 그때 전화통화를 하면서 "내 책장 위에서 세 번째 칸에 두 번째 서류 파일을 보면 맨 뒤에서 세 번째 정도에 분홍색 스트립으로 표시해 놓은 서류가 있을 겁니다"라고 대답한 일화는 레인보우의 전설이 되었다. 오죽하면 다른 부서에서 그의 책장을 구경하러 올 정도였다.

먼지가 가득한 방을 청소하려면 물 한번 뿌려 놓아 먼지를 가라앉히고 청소하듯, 심차근은 어떤 혼란스러운 분위기도 안정시키는 재능이 있다. 하지만 요즘의 패션사업부 분위기는 도를 넘어섰다. 소속감과 안정감이 없으면 힘들어지는 그에게 지금처럼 사업부의 존립까지 위협받는 상황은 자신의 재능을 발휘할 엄두도 못 낼 거대한 스트레스다. 게다가 같이 일하는 사람들은 하나같이 마음에 안 든다. 신나리는 규칙도 없이 마구잡이로 일하고, 백전진은 절차를 무시하고 자기 잘난 맛에 살고, 유평화는 알아듣기 난해한 꿈같은 소리만 해대고 있으니 말이다.

팀원들 대부분이 외근을 나가 있는 한적한 오후, 기획부 사무실에 요란한 구두 굽 소리가 들렸다. 심차근은 신나리일 거라고 짐작했다. 레인보우에서 저렇게 요란한 소리를 내며 다니는 사람은 신나리밖에 없을 테니 말이다.

"부장님, 점심 드셨죠? 아직 시간 남았는데, 커피 한잔하실래요?"

신나리는 지난 주 회의 시간의 말다툼은 없었던 일이라는 듯이 웃으며 말했다.

"지금요?"

이렇게 예고도 없이 갑자기 미팅을 요청하는 '신나리 스타일'은 비호감 그 자체다. 그렇게 얼굴을 붉히고 언성을 높일 땐 언제고 이제 와 아무렇지도 않게 말을 거는 신나리의 태도 역시 마음에 들지 않았다. 게다가 이런 상황에 세상 편하게 커피라니… 지금 마무리 지어야 할 일이 산더미처럼 쌓여 있는 심차근 입장에서는 그런 신나리가 한심해 보이기까지 했다.

"뭐, 그러죠."

심차근은 작업하던 문서의 저장 버튼을 누르고 자리에서 일어났다. 신나리는 레인보우 자사 브랜드인 '드림 카페'로 들어가 디카페인 커피와 아메리카노 한 잔을 주문한 후 자리에 앉으며 물었다.

"유평화 본부장님이 내일 회장님 호출을 받은 거 같던데… 혹시 무슨 일인지 아세요?"

신나리는 언제 가져왔는지 쿠키의 비닐을 뜯으며 반을 잘라 심차근에게 내밀었다. 심차근은 신나리의 질문에 대답할 생각은 하지 않고 쿠키를 뚫어지게 보며 말했다.

"여기 외부 음식 반입 금지인데…."

심차근은 손으로 카페 출입구에 커다랗게 붙어 있는 문구를 가리켰다.

"라면을 끓여 먹는 것도 아니고 작은 쿠키 하나 가지고 뭘 그러세요. 이 정도는 괜찮아요."

도대체 이 여자는 규칙은 왜 있다고 생각하는 걸까? 자기 멋대로 사는 사람, 규칙을 지키지 않는 사람이 정말 싫었던 심차근은 신나리의 행동이 이해가 되지 않았다.

"아무래도 이번에는 회장님이 뭔가 심각한 경고를 하실 것 같습니다. 나는 유 본부장님이 하는 얘기는 도무지 못 알아듣겠어요. 지시도 명확하지 않고 말이죠."

신나리는 테이블에 떨어진 쿠키 가루를 바닥으로 툴툴 털며 말했다.

"그래도 유 본부장님만큼 인간미 넘치는 사람도 드문데 안쓰러워요. 하긴 제가 지금 누구를 걱정할 입장은 아니지만 말이에요."

신나리는 심차근에게 줄 게 있다면서 자신의 사무실에 들렀다 가자고 했다. 심차근은 나중에 자리로 가져다 달라고 했지만 신나리는 들어가는 길에 한번 들렀다 가는 게 뭐가 어려워서 그러냐며 막무가내였다.

사실 심차근은 신나리 책상 근처에 가는 것을 끔찍하게 싫어했다. 그걸 보는 것만으로도 숨이 막히고 정신이 없었다. 어떻게 그런 환경에서 일을 할 수 있는지 신기할 따름이었다. 그는 책상 정리 안 되는 사람 치고 일 잘하는 사람 없다고 철석같이 믿는 사람이었다.

물론 책상 상태를 두고 이야기하자면 신나리도 나름대로 이유가 있다. 그녀가 제일 좋아하는 것은 경험의 조합, 산업의 조합이었다. 퍼즐을 맞추듯 이런 저런 조합을 생각하고 시도해 보며 이미 진부화 된 아이템을 새롭게 하는 디자인의 귀재였다. 그런 이유에서인지 그녀의 책상은 넘쳐나는 자료들로 수북했다. 책상이 하나로는 모자라 두 개를 붙여서 쓰는데도 쌓인 책 위로 노트북을 올려놓고 이메일을 써야 할 정도였다. 아무리 치워도 여전히 넘쳐나는 자료 더미 속에서 '언젠가는 정리해야지' 하지만 언제나 급한 일에 밀리곤 했다. 커다란 폼보드에 붙이다가 만 샘플 조각들과 잡지 이미지들이 뒤섞여 그녀는 하루의 절반을 무엇인가를 찾는 데에 쓴다고 해도 과언이 아니었다.

"신나리 실장님은 이런 상태에서도 일에 집중이 되시나 보죠?"

"아, 좀 그렇죠?"

신나리는 어색하게 웃으며 덧붙였다.

"사실은 지난번에 사장님이 디자인실을 방문하신다고 해서 맘먹고 야근까지 하며 깨끗이 치웠는데 이번 프로젝트가 급하다 보니 밤새 치운 것도 소용없네요. 어느새 이렇게 되더라고요. 사람은 역시 살던 대로 살아야 하나 봐요."

생글거리는 신나리의 표정과는 다르게 심차근은 여전히 심각했다.

"프로젝트가 끝난 것은 좀 버려요. 미국 사이언스데일리가 보도한 〈직업 환경의학〉 저널 최신호에서 미국의 직장 내 환경과 일의 능률을 비교 분석한 데이터에 따르면, 회사 책상이 더러우면 뇌기능이 저하된다고 하더군요. 심지어 이런 더러운 업무 환경에서 장시간 근무하는 직장인들은 장기적으로 심각한 '인지력 감퇴'를 일으킬 수 있다는 사실이 발견됐다고 해요."

지난 시즌 신나리가 발표했던 품평회 차트가 책상 가장자리에서 떨어지려는 것을 낚아채 올려 두던 심차근은 신나리의 흐트러져 있는 잡지를 차곡차곡 쌓아 주며 공증된 자료까지 제시했다. 그렇다고 듣고만 있을 신나리도 아니었다.

"이번 품평회 준비하려면 지난 자료와 비교해야 돼요. 모든 자료가 다

한눈에 들어와야 좋은 생각이 떠오른다고요. 원래 세계적으로 유명한 사람들은 책상이 지저분한 경우가 더 많은 거 아세요? 페이스북의 마크 저커버그, 야후 이사이자 구글 부사장인 맥스 레브친, 애플의 스티브 잡스, 심지어는 아인슈타인도 작업실을 지저분하게 쓰기로 유명했대요. 저도 그래요. 눈에 안보이면 생각이 안 나는 걸 어떻게 해요? 시집갈 시간도 없어서 이러고 있는데, 만날 책상 정리 타령하시기는!"

"네네, 오죽하시겠습니까. 아까 주신다고 했던 자료나 얼른 주시죠. 처리해야 할 일이 산더미입니다."

심차근은 말이 통할 리가 없는데 괜히 입만 아프다는 생각으로 고개를 절레절레 흔들며 자리를 떠났다.

 ep3.

이만

퇴사하겠습니다

이른 아침부터 패션사업부는 품평회[6]로 술렁거렸다. 디자인실도 예외는 아니었다. 신나리는 눈에 인공눈물을 넣으며 빠르게 깜박거렸다. 그러더니 수북한 서류 더미 사이에서 보물찾기하듯 인공눈물의 작은 뚜껑을 찾아내어 닫았다. 밤샘 작업으로 피곤이 차오른 얼굴은 물기라고는 하나도 없이 바싹 말라 있었다.

막내 사원은 사무실에 들어오자 신나리를 발견하고 깜짝 놀라며 말했다.

"실장님, 어제도 밤새우신 거예요? 힘들지 않으세요?"

---

6 개발과 생산 단계에서 이뤄지는 최종 검토 단계. 대량생산에 들어가기 전에 디자인팀과 생산, 기획부이 참여하여 컬렉션의 핏과 브랜딩, 가격을 다시 검토한다.

"품평회 전날이라서 신경 쓰이는 게 보통 많아야 말이지. 끝날 때까지는 긴장 때문에 힘들다는 생각조차 할 시간이 없어. 품평회 끝나기만 해봐. 나도 칼퇴근 할 거야. 꼭!"

신나리는 충혈된 눈으로 두 주먹을 불끈 쥐며 다짐하듯 말했다. 그러곤 하마처럼 입을 쩍 벌리며 늘어지게 하품을 했다. 신나리는 많은 자료를 검토하고 재편집할 때면 누구보다 고도의 집중력을 발휘하는 걸로 유명해서 10년 아래 젊은 직원들도 그 체력에 혀를 내둘렀다. 하지만 이번 일은 진짜 너무 피곤해서인지 며칠 동안 잠만 자고 싶은 생각뿐이었다. 막내 사원은 이런 신나리의 열정에 못 미치는 자신을 보며 움츠러들었다.

"실장님, 커피 좀 드릴까요?"

막내 사원은 용기를 내어 들릴 듯 말 듯한 목소리로 조심스레 물었다. 막내 사원의 불편한 마음을 알 리 없는 신나리는 노트북을 들여다보며 무심하게 대답했다.

"괜찮아. 내가 할게. 일해."

그러고는 뻐근해진 어깨를 펴고 팔을 들어 올리며 기지개를 켰다. 어떻게든 빨리 이 일을 마무리 짓고 싶다는 열망과 피로감으로 가득한 신나리의 생각 속으로는 다른 것이 들어올 자리가 없었다. 막내 사원은 주뼛거리며 자리로 돌아갔다.

점심시간이 가까워 오자 외근을 나갔던 엄예리 과장이 들어왔다.

"점심시간이에요. 식사하시고 해요."

엄예리의 말에 막내 사원은 신나리를 쳐다보았다. 그녀는 화면에 얼굴을 집어넣을 듯이 한껏 구부리고 있었다.

"먼저들 가. 나는 마무리하고 따로 먹을게."

신나리의 무심한 대답에 엄예리는 '하여간 직원들 눈치 보이게 만드는 데 뭐 있다니까. 밥 좀 먹으면서 일하면 어디가 덧나나?' 하고 입을 삐죽거리며 막내 사원을 데리고 나갔다.

설렁탕 집은 사람들로 북적였다. 작은 테이블을 하나 차지하고 마주 앉은 두 사람은 컵에 물을 따르며 수저를 꺼냈다.

"오늘은 밥 빨리 나왔으면 좋겠다. 식당에 올 때까지는 별 생각이 없다가 주문하고 기다릴 때면 엄청 배고파진단 말이야. 그래도 우리가 조금 일찍 나와서 자리가 있는 거지, 12시 딱 맞춰서 나오면 줄이 엄청 길게 서있어서 먹지도 못해."

엄예리는 부드럽게 웃으며 막내 사원의 얼굴을 보았다. 근심이 가득한 얼굴이었다.

"무슨 일 있어? 오늘 표정이 너무 안 좋네."

"과장님, 저 이번 품평회 끝나면 퇴사하고 싶어요."

막내 사원의 폭탄선언에 깜짝 놀란 엄예리는 몸을 앞으로 당겨 앉으며 말했다.

"무슨 일이야, 갑자기?"

막내 사원은 눈물까지 글썽이며 말했다.

"저는 근무시간 이외에는 일 생각을 아예 하고 싶지 않아요. 그런데 그럴 수가 없어요. 물론 실장님은 근무 외 시간에는 휴대전화 메시지 확인할 필요도 없고 대답할 필요도 없다고 하셨지만 너무 신경이 쓰여요. 그냥 근무 외 시간에 일 관련 메시지가 오는 것 자체가 싫어요. 업무에 불만이 생기니까 일도 싫어지고요. 디자인은 제가 하고 싶은 일이 아닌가 봐요."

막내 사원은 눈물을 뚝뚝 흘리며 계속 말을 이었다.

"너무 들어오고 싶은 회사였고, 서류 전형에 합격했을 때 정말 행복했어요. 그런데 막상 일해 보니 제 생각과 달라요. 요즘은 하루하루가 불행하다고 느끼고 있어요."

그때 주문했던 음식이 나왔다. 테이블에는 하얀 김이 피어오르는 설렁탕 두 그릇이 놓였다.

"그렇게 힘들었구나. 하긴 많이 힘들긴 하지. 그래도 너무 성급하게 결정 내리지는 마. 실장님과도 한번 대화를 나눠 보는 게 좋을 거야."

"실장님은 본인이 하고 싶은 말만 해요. 분명히 제 얘기를 들어 주시지도 않을 거예요."

"우리 실장님이 일에 몰두할 때는 주변을 못 보는 스타일이다 보니 좀 그렇게 보이지? 일 밖에 모르는 사람처럼 보이긴 해도 반전이 있어. 나름대로 엄청 도와주려고 하서. 쉽게 느껴지지는 않지만 말이야."

엄예리는 난감한 표정을 짓다가 턱으로 밥을 가리키며 말했다.

"일단 밥이나 먹자. 회사 일도 식후경이잖아."

막내 사원의 퇴사 선언은 엄예리에게도 받아들이기 쉽지 않다. 사실 처음 있는 일도 아니다. 신입 사원을 뽑고 일 가르쳐 이제 좀 같이 일할 만하다 싶어지면 퇴사하는 것이 벌써 몇 번째인지, 지치는 것은 엄예리도 마찬가지였다. 그렇다고 나가겠다는 사람을 붙잡아 봐야 소용없다는 것도 잘 알고 있다.

식사를 마치고 자리에 돌아오자 사무실은 텅 비어 있었다. 엄예리는 자리에 앉으려다 말고 책상 위에 놓여 있는 작업지시서를 집어 들었다. 기획부의 백전진 과장이 놓고 간 것이었다. 엄예리는 곧바로 백전진에게 전화를 걸었다.

"과장님, 저 엄예리예요. 지금 작업지시서 확인했어요. 이거 회장님 컨펌 받아 오세요."

"작업지시서 결재 라인에 회장님 결재는 생략하기로 한지가 언제인데 또 그 소리입니까?"

"저번에 기획부 작업지시서대로 상품 개발했다가 디자인실만 괜히 깨진 거 기억 안 나세요? 회장님이 디자인실에 직접 오셔서 야단치셨다고요. 회장님 컨펌 없으면 진행 못 해요."

전화를 끊은 백전진은 머리카락을 쥐어뜯으며 중얼거렸다.

"정말 답답하네! 상품 개발과 관리는 속도가 생명인데, 윗선에서는 결재 하나 내주는 데도 억만 시간이 걸리고! 이렇게 소비자 니즈에 반응이 느리니 브랜드가 가라앉을 수밖에… 개발에서 생산까지 최적화 시스템을 만들려면 이대로는 안 돼. 변화가 필요해! 안 되겠어. 내가 직접 회장님을 뵙고 설득하는 수밖에!"

기획서를 들고 자리에서 벌떡 일어나는 백전진은 때마침 사무실로 들어오던 심차근과 눈이 딱 마주쳤다. 심차근은 뭔가 심상치 않은 기운을 눈치채고 백전진을 불러 세웠다.

"부장님, 제가 회장님께 컨펌 받아 오겠습니다. 발주 시기를 놓치면 골든타임을 놓치게 됩니다. 부장님도 아시잖습니까?"

"또, 또, 또! 언제까지 이렇게 위아래도 없이 굴 건가? 시키는 일은 오리무중이고 자기가 급하고 중요하다고 생각하는 일만 하는군! 일에도 절차가 있는 거 모르나? 절차를 너무 무시하는 것 아닌가?"

"그럼 디자인실에서 작업 진행을 못 하겠다고 버티는데 어떡합니까? 부장님, 저라고 일일이 회장님과 본부장님 컨펌 받아 가며 진행하는 게 좋아서 그러는 건 아닙니다. 도와주십시오!"

그 놈의 절차, 절차, 절차! 백전진은 울화가 치밀었다. 그런 백전진을 보니 심차근도 더 이상은 그를 상대하고 싶지 않아졌다.

"그럼 먼저 본부장님께 가서 상의하고 진행하게. 다음부터는 이런 식으로 일하지 말고 절차대로 하도록 해. 가봐!"

백전진은 급히 유평화 본부장실 문을 두드렸다. 유평화는 부드러운 얼굴로 백전진을 맞았다.

"백 과장. 어서 와요."

"본부장님, 이번 시즌 신상품 출시 기간인데 상품별 수량 오더 작업지시서를 컨펌 부탁드립니다. 본부장님께서 컨펌해 주시면 제가 회장님 뵙고 싸인 받아 오겠습니다. 디자인실에서 저번에 회장님께 심하게 꾸중을 받은 이후로 기획부 작업지시서를 받아 주려고 하지 않습니다. 시장과 고객의 상황을 고려한 시스템인데 실제로는 그렇게 돌아가지 못하고 있습니다. 기획부는 지금으로서는 신뢰를 잃은 상태니 회장님 컨펌을 받아 진행하는 수밖에 없습니다. 원래는 이렇게 방어적으로 일하면 안 되는데 근본적인 대책이 마련되기 전까지는 어쩔 수 없을 것 같습니다."

"서류는 두고 가요. 내가 회장님께 컨펌 받아서 전달해 주겠습니다."

유평화의 부드러운 지시에도 백전진은 물러서지 않았다. 그의 목소리는 점점 공격적이 되었다.

"자꾸 이런 식으로 작업을 진행하는 것이 시스템이 되면 경쟁 업체 대비 상품 회전 속도가 느려질 수밖에 없습니다. 뭔가 근본적인 대책을 마련해야 합니다."

이쯤 되니 유평화의 표정도 살짝 굳어졌다. 잘한다, 잘한다 했더니 이제 머리 꼭대기까지 올라오려 하는 백전진이 내심 괘씸했다. 그러나 언짢은 기색을 감추며 백전진을 돌려보냈다. 한숨이 절로 나왔다.

깐깐하게 트집만 잡는 심차근, 자기주장만 하는 백전진, 감당도 못 하면서 일을 벌이는 신나리…. 이들을 어떻게 아울러야 할지 막막하다는 생각에 회의감이 밀려왔다. 설상가상으로 요즘은 하루가 멀다 하고 회장의 호출을 받아서 직원들을 통솔하지 못하고 뚜렷한 성과를 내지 못한다는 이유로 야단을 맞기 일쑤였다.

유평화는 백전진이 두고 간 작업지시서를 들고 회장실로 갔다. 그 자리에서 그는 레인보우 스퀘어의 매출 관리에 대한 뚜렷한 대안도 없느냐는 추궁을 받았고, "계속 이런 식으로 할 거면 다 그만둬!" 하는 최후의 경고를 받았다.

회장실에서 나와 무거운 마음으로 복도를 걷던 유평화의 하얗게 질린 얼굴에는 식은땀이 흘러내렸다. 최근 들어 호흡곤란을 겪는 일이 빈번했지만 오늘은 예사롭지 않았다. 순간적으로 주변의 모든 소리가 사라지는가 싶더니 시야가 노랗게 변했다. 그리고 정신을 잃었다.

이 사건은 순식간에 사내에 퍼졌다.

"김 대리, 유 본부장님 이야기 들었어?"

"들었지. 회장실 다녀오는 길에 복도에서 쓰러지셨다면서. 타이밍도 참 기막히다. 회장님에게 무슨 얘기를 듣고 쓰러진 것 같잖아."

"본부장님 좀 불쌍하지 않아? 그래도 우리 회사 창립 멤버인데 허구한 날 찬밥 신세라니. 다른 동기들은 다 이사회에서 한자리씩 차지했던데, 유 본부장님은 그나마 있는 자리도 뺏기게 생겼으니 말이야. 정리해고 1순위라는 소문도 있잖아."

"불쌍하지. 안돼 보여. 나 입사한 첫날, 회사가 낯설어서 잔뜩 긴장하고 있는데, 유 본부장님은 신입사원인 내게도 정중하고 따뜻하게 인사해 주셨다고. 그때는 '저분은 누굴까?' 했는데 알고 보니 엄청 높은 분이었던 거야. 겸손하고, 다정하고, 따뜻하신 분인데…."

"하지만 내 남편이 저러면 정말 싫을 것 같아. 무능하잖아. 사람만 좋으면 다인가?"

"에이, 그건 아니다. 무능하지는 않지. 레인보우 황금기 때 콘셉트 디자인을 누가 다 했는데? 브랜드장 시절에는 전국 매출 1위로 영업점 오픈을 가장 많이 한 기록도 세웠잖아. 아직도 그 기록이 깨지지 않고 있다던데? 우리 회장님이 어떤 분인데 무능한 사람을 본부장으로 세워 놨겠어?"

직원들은 하루 종일 응급실로 실려 간 유평화에 대해 이야기꽃을 피웠다.

모두가 퇴근한 사무실에서 마지막으로 불을 끄고 퇴근하는 것은 늘 유평화의 몫이었다. 유평화는 레인보우의 창립 초기에 회장과 함께 회사

가치와 비전, 사명을 정립하는 데 공헌했다. 다채로운 색을 품고 있는 무지개처럼 사람들이 각자 가지고 있는 고유의 색을 찾아 준다는 일념으로 레인보우의 성장을 이끌어 왔고 평소 획일적인 미의 기준에 저항하는 본인의 가치관을 실현한다는 생각으로 일해 왔다. 그 와중에도 힘들어하는 직원이 보이면 언제나 충분한 시간을 내어 이야기를 들어 주곤 했다. 직원들은 그를 레인보우의 '태평양'이라고 불렀다. 회사에서는 그가 화를 내는 모습을 본 사람이 아무도 없다. 그러나 직원들은 그를 인간적으로는 무척 좋아하는 한편, 패션사업부의 암흑기를 걷어 내지 못하는 그의 무능한 리더십에 점차 지쳐 가고 있었다.

유평화가 눈을 떴을 때, 걱정스럽게 자신을 바라보며 울먹이는 아내의 얼굴이 보였다.

"여보, 정신이 들어요? 조금만 늦었으면 큰일 날 뻔 했대요."

의사는 심근경색이라고 했다. 응급 시술로 심장 혈관을 뚫어 놓긴 했지만 앞으로도 조심해야 한다는 당부를 했다. 유평화는 눈물을 훔치는 아내의 손을 잡으며 잠긴 목소리로 말했다.

"며칠째 메스껍다는 생각이 들어서 위장약을 먹었는데, 헛다리짚었군."

ep4. 절차만 떠지다가

기회는 날아간다고

"실장님, 유평화 본부장님은 시술 마치고 오늘 출근하셨대요. 정말 큰일 날 뻔 했대요."

엄예리는 걱정스러운 듯이 말했다.

"그러게 말이야. 계속 조심하셔야 할 텐데."

신나리는 말하는 도중에도 계속 책상을 뒤적거렸다. 그때 신나리의 컴퓨터에 새로운 알림이 떴다. 사내 인트라넷 메일이었다. 메일 앞에는 빨간색으로 〈긴급〉 아이콘이 반짝거렸다.

'무슨 일이지?'

메일 내용은 이랬다.

긴급 사항입니다.

영국 BBC 다큐멘터리 촬영 팀으로부터 연락이 왔습니다. '다이내믹 아시아: 비즈니스'라는 프로그램에 레인보우를 보도하기 원한다는 내용입니다. 이 방송은 다큐멘터리의 거장 로빈 앨런 감독이 참여하는 프로그램으로서, 출연한다면 브랜드 가치가 비약적으로 발전할 수 있는 기회가 될 것입니다.

회사 전체 스케치가 있겠지만, 업무의 실생활을 집중 보도하게 될 사업부가 있을 예정입니다. 아직 어느 사업부가 될지는 선정되지 않은 상태입니다. 회장님께서는 이에 필요한 특별 TFT[7]를 구축하라고 말씀하셨습니다.

"오! 예리 과장, 메일 좀 열어 봐."

메일을 다 읽은 신나리는 감탄하며 큰 소리로 외쳤다. 엄예리는 서둘러 자리에 앉아 인트라넷에 접속해 메일을 열었다. 놀라기는 엄예리도 마찬가지였다.

"어때? 엄청나지? 이건 우리 레인보우 역사에 남을 사건인데!"

잔뜩 상기된 신나리와는 달리 엄예리는 미심쩍은 표정이었다.

"설마 우리 패션사업부가 촬영 대상이 되지는 않겠죠?"

"왜 안 돼? 될 수도 있지! 그러면 나는 해외진출을 하게 되는 건가?"

신나리는 어깨까지 들썩이며 눈을 동그랗게 뜨고 엄예리를 쳐다봤다. 엄예리는 고개를 가로저었다.

---

7 Task Force Team의 약자로, 중요하고 한시적인 문제를 해결하기 위한 임의적인 모임. 군대 용어에서 비롯된 이 단어는 미군에서는 특수임무를 받은 기동대를, 영국군에서는 특별수사대를 의미한다. 영어권에서는 'team'과 'force'가 '집단'이라는 의미로 중복되기 때문에 'TF'라고 표현하여 TFT는 한국적 관용어이다.

"그럴 리가 없어요. 회장님께서 어떤 분이신데… 수익률, 성장률이 모두 꼴찌인 패션사업부에 이런 기회를 주시겠어요?"

"무슨 소리야? 그러니까 더 기회를 주셔야지! 반전을 이룰 수 있는 기회! 역전의 기회!"

신나리의 목소리는 이미 확신에 차 있었다. 그녀는 이미 레인보우 패션사업부가 BBC 방송을 통해 전 세계에 소개되기로 결정된 것처럼 말했다. 그녀는 늘 가능성에 대해서 먼저 생각했다. 신나리는 수화기를 들고 심차근의 내선번호를 눌렀다.

"심 부장님, 메일 보셨어요?"

"네, 봤습니다."

"심 부장님 생각은 어떠세요? 정말 패션사업부에게 하늘이 주신 기회 아닐까요?"

"참 성격하고는. 누가 패션사업부를 뽑아 준답니까? 가능성도 희박하고요. 뭐, 상황을 지켜보면 알게 되겠죠."

"그러지 말고 본부장님께 말씀드려서 회장님께 강하게 어필해 보시라고 좀 해 보세요. 해외 언론에 한 줄 정도 소개만 되어도 광고 효과가 엄청난데 영국 BBC 다큐멘터리라니! 우리 사업부 마케팅에 엄청난 기회에요. 다른 부서에서 선수 치기 전에 본부장님 좀 설득해 보세요."

"기회가 될지, 패망이 될지 그걸 지금 어떻게 압니까? 그리고 본부장님 성격 아시면서 그러십니까?"

심차근은 이제 막 메일 하나를 읽었을 뿐인데 목소리를 높이며 흥분하는 신나리가 못마땅했다. 무슨 일이든 순서와 체계가 중요한 심차근의 눈에는 대책 없이 들이대는 신나리가 그저 고삐 풀린 망아지처럼 보였다.

한편, 통화를 마친 신나리는 입술을 실룩거렸다. 판단을 최대한 유보하고 눈금자처럼 움직이는 심차근이 답답하기만 했다. 최적의 절차를 만들어 내느라 시스템 타령만 하는 심차근이 마치 늙은 거북이처럼 느껴졌다.

신나리에게 있어서 시스템이란, 실행을 통해 얻게 되는 최소한의 절차로 충분했다. 실행하지 않는 시스템은 탁상공론에 지나지 않으며, 실행이 먼저 있어야 반복 고리도 만들어지는 것이라고 생각하기 때문이다. 그에게 실행이란 모든 일의 신호탄과 같았다. 실행을 먼저 해야 그다음 그림이 보이기 때문이다. 여기까지 생각이 이르자, 신나리는 더는 기다릴 수 없다는 듯이 자리를 박차고 일어났다.

"아무래도 내가 본부장님을 설득해야겠어!"

ep5。

이래서는 좋은 성과를

낼 수 없습니다

신나리가 유평화 본부장실 문을 두드렸다.

"본부장님! 저 신나리예요."

"나리 실장, 어서 와요."

"아프셨다고 들었어요. 이제 건강도 챙기셔야죠."

평소 따뜻한 차를 즐기는 유평화는 신나리에게 찻잔을 내밀었다.

"저는 괜찮습니다. 품평회 준비하느라 수고 많았죠? 여기 앉아 이거 마셔 봐요. 지난번에 중국 바이어가 준 건데 향이 아주 좋아요."

차를 받아 들고 분위기를 살피던 신나리는 단도직입적으로 물었다.

"본부장님, 이번 BBC 촬영 건 때문이에요. 어느 사업부가 참여하게 될 것 같으세요?"

"글쎄요. 아마도 지금 회장님께서 제일 필요로 하는 사업부를 선정하시지 않을까요? 어느 사업부로 결정되든 우리 레인보우의 브랜드 가치에 큰 영향을 미치게 되겠죠. 그런 사안인 만큼 예민하게 대응해야 하고요. 알고 보면 이런 기회가 온 것도 우연은 아니지요. 이는 우리 레인보우 영국 지사에서 특별히 신경을 써 온 결과입니다. 끊임없이 영국에서 다양한 활동을 하고 공유와 확산을 하더니 이런 날도 오는군요. 영국 지사는 매주 독서 토론을 하면서 스스로 성장하고 글로벌 시장 흐름을 가장 빨리 포착하는 팀이라고 회장님께서도 칭찬을 아끼지 않으시더군요. 우리 사업부도 책 읽는 문화를 다시 만들어 가야 하는데… 다들 현업에 바빠서 잠 잘 시간도 부족하니 엄두가 나질 않네요."

유평화는 생각에 잠긴 듯한 표정으로 차분하게 말했다. 신나리는 다음 말을 이어 가려는 유평화를 가로막으며 급하게 입을 열었다.

"본부장님! 지금 패션사업부에서 제일 지지부진한 부분이 마케팅인 거 아시죠? 영업부를 비난하려는 것은 아니지만 아무리 열심히 제품을 연구하고 개발해서 생산하면 뭐 해요? 팔리지가 않는 걸요? 지금은 예전과 달라서 옷을 만들어 놓기만 하면 팔리는 시대가 아니잖아요. 뭔가 대중에게 호소할 만한 흐름을 타야 해요. BBC 정도라면 그 역할을 톡톡히 해 주지 않겠어요? 어떻게든 우리 패션사업부가 촬영할 수 있도록 회장님께 말씀드려 보시면 어떨까요?"

신나리는 너무 간절히 바라는 마음에 목소리가 다소 격앙되었다. 유평화는 고개를 끄덕이더니 조심스럽게 입을 열었다.

"나리 실장 생각이 그렇다면 회장님께 한번 여쭤 보겠습니다. 그런데 나는 최선의 마케팅은 최고의 제품에서 시작한다고 믿습니다. 그리고 최고의 제품은 그 제품에 담겨 있는 철학에 좌우되죠. 우리는 고객 가치가 무엇인지 그 답을 찾기 위해 늘 탐구해야 한다고 생각합니다. 이것은 패션사업부의 공동 과제이자 각 부서의 첫 번째 숙제일 것입니다. 나는 지금도 우리 패션사업부가 존재해야 할 이유에 대해서 스스로 묻곤 해요. 만일 우리 패션사업부가 세상에서 사라진다면 세상은 무엇을 잃게 되는 걸까? 만약 우리 패션사업부가 사라져도 세상이 잃어버리는 것이 하나도 없다면 우리는 존재 이유가 없는 것 아닐까요?"

유평화의 이야기를 들은 신나리는 "네" 하고 대답하면서도 속으로 이렇게 생각했다.

'패션사업부가 사라지면 우리는 직장을 잃게 되겠죠.'

며칠이 지나자 인트라넷에는 또다시 전체 메일이 떴다. 일명 'BBC 특별팀'으로 불리는 TFT에서 보낸 메일로, 이번에 보도 대상이 될 사업부는 최종적으로 '패션사업부'로 결정되었다는 내용이었다. 사실 애초에 레인보우에는 선택권이 없었다. BBC에서 기획하던 프로그램은 패션 비즈니스에 관한 것이었기 때문이다. 메일에는 BBC 특별팀이 전적으로 서포트를 하게 될 것이라는 내용과 더불어 제작에 앞서 시나리오 작가와 연출 감독이 내방할 예정이라는 소식이 담겨 있었다.

BBC의 작가와 연출 감독의 내방 소식으로 회사 분위기는 한껏 들떠 있었다. 그렇게 무작정 좋아할 일만은 아닐 수 있다고 심차근이 이따금 찬물을 끼얹었었지만 새로운 희망과 호기심의 분위기에 금세 묻혀 버리곤 했다. 직원들은 다큐멘터리의 거장 로빈 앨런에 대한 기사 링크를 서로 공유하며 관심을 보였다.

얼마 후 예고했던 대로 BBC의 제작팀이 레인보우를 방문했다. 유평화는 유창한 영어로 금발의 시나리오 작가 제니퍼 캐슬과 허름한 청바지 차림의 로빈 앨런을 맞이했다.

"만나서 반갑습니다. 저는 패션사업부 본부장, 유평화입니다."

뚜렷하고 강렬한 눈, 가늘고 부드러운 머리카락의 로빈이 유평화가 내민 손을 잡았다. 로빈은 의자에 앉으며 유평화에게 말했다.

"촬영에 기꺼이 승낙해 주셔서 고맙습니다. 우리는 문화의 주요 시장이자 생산자로 떠오르고 있는 아시아 기업들의 문화 콘텐츠 생산 전략과 비결이 궁금합니다. 지금은 전 세계 동시 소통 시대로서 각국의 문화를 실시간으로 공유할 수 있지만, 아직도 주요 언론에서는 아시아권에 대한 이해가 깊지 않습니다."

로빈의 이야기를 유심히 듣던 유평화는 고개를 끄덕이며 물었다.

"그렇게 생각하시는 이유가 뭡니까? 아시아가 아직도 베일에 싸인 존재라는 뜻인가요?"

로빈은 유쾌하게 웃으며 말했다.

"네, 맞습니다. 오리엔탈리즘[8]이라는 말을 들어 보셨을 겁니다. 물론

---

8 과거 유럽 문화 예술에 나타난 동양적 경향을 뜻하는 단어였지만, 오늘날에는 특정 민족을 업신여기고 비하하는 발언으로 인식하게 되었다. 2016년부터 미국 연방 법규와 공문서에서 오리엔탈이라는 단어 사용을 금하고, 'Asian'이라는 단어로 칭하는 노력을 보이고 있다.

젊은 층에게는 해당되지 않겠지만, 아직도 서구의 일부 세대는 아시아를 '발전하지 않은 채 남아 있는 미개발의 신비로움'으로 인식하고 있습니다. 한류가 세계를 휩쓸고, 세계인들이 스시를 즐기고 있는데도 말이죠. 유럽을 중심으로 세계를 이해하는 시각의 대표적인 오류라고 생각합니다. 그래서 현대의 아시아를 심도 있게 다루며 동등한 비즈니스 파트너로서의 아시아 국가를 이해하고자 이번 작업을 기획하게 되었습니다."

두 사람은 부서장들이 모인 회의 일정과 디자인 품평회, 생산 공장 방문, 매장에서의 판매 현장 등을 담아내기 위한 일정 협조를 구한 뒤 돌아갔다.

영국에서 온 촬영팀은 먼저 일상적인 회의부터 촬영하기로 했다.

이른 아침 회의실에는 신나리, 엄예리, 심차근, 백전진, 유평화가 부서장 회의를 위해서 평상시처럼 둘러앉았다. 지난번 회의 이후로 무척 어색한 공기가 회의실에 흐르자 스케치용 카메라를 설치하던 로빈이 웃으며 물었다.

"다들 원래 이렇게 과묵하신가요?"

노트북을 열고 타이핑을 준비하던 제니퍼가 거들었다.

"평소처럼 편안하게 하시면 됩니다."

그러나 회의실 공기는 여전히 어색했고, 달라질 기미가 보이지 않았다. 로빈과 제니퍼만이 서로를 바라보며 빙그레 웃었다.

"제니퍼, 내 생각에는 지금 이 모습이 평소 모습이신 거 같은데?"

그러면서 입을 지퍼로 잠그는 듯한 흉내를 냈다.

본격적으로 회의가 시작되자 유평화가 팀원들을 둘러보며 물었다.

"오늘 나눌 주제가 무엇인가요?"

한 시간이 넘게 회의가 계속되는 동안 경직된 분위기는 사그라질 줄 몰랐다. 서로 지난번 같은 불상사가 일어나지 않기를 바라는 마음으로 서로를 존중하는 모습을 보여 주려고 했지만, 여전히 감정적 앙금이 남아 있으니 차라리 필요한 말 이외에는 하지 말자는 식이었다. 그러다 보니 신나리는 책상 위 자료만 죽어라 째려봤고, 백전진은 그 어떤 의견도 꺼내지 않았다. 그 와중에 로빈은 진지한 표정으로 카메라 화면과 녹음기 상태를 점검하며 이어폰으로 음향 상태를 확인했고, 제니퍼는 불꽃 튀는 눈빛으로 동시통역사의 이야기를 받아 적었다.

그 이후로도 로빈과 제니퍼는 품평회 스케치를 콘티로 작성하며 시나리오의 골격을 짰다. 생산 공장에서의 현장 스케치는 물론, 매장에서 고객들이 옷을 선택하는 과정에서 몇몇 현장 직원들의 인터뷰를 했다. 로빈과 제니퍼는 어느새 레인보우의 직원들처럼 뒤에서 촬영하기도 했으며 회사 곳곳을 찾아다니기도 했다.

어느새 일주일의 시간이 흘렀다. 로빈과 제니퍼는 영국으로 돌아가기 전 유평화의 사무실을 찾았다. 로빈은 유평화에게 악수를 청하며 말했다.

"그동안 감사했습니다. 적극적으로 협조해 주셔서 기획을 완료했습니다. 다만…."

로빈은 말끝을 흐리며 난처한 표정을 지었다. 유평화는 가슴이 철렁했다.

"왜 그러시죠? 뭔가 문제가 있나요?"

"평화, 제가 일주일간 당신들과 함께하며 느낀 것은 당신의 팀이 한 팀으로 보이지 않는다는 거였어요. 한 팀이라면 곧 한 배를 탄 한 몸. 그렇다면 서로 원활히 소통해야 하는 것은 물론, 어려움이 있으면 돕고 부족한 것이 있으면 채워 주는 팀워크가 있어야 할 텐데, 당신의 팀원들은 도리어 상대방에 대한 원망과 불평으로 가득 차 있는 것 같았습니다. 시나리오 기획을 잡아 보았지만 이런 상황에서는 레인보우 패션에 대해서 긍정적으로 조명하기는 힘들 것 같습니다. 영상 작업 자체로는 시청자에게 흥미를 끌만한 요소들이 있지만 결코 레인보우에게 좋은 영향을 줄 수는 없을 것입니다."

유평화는 가슴이 턱 막히는 듯했다.

"그게 무슨 말씀이십니까? 좀 더 구체적으로 말씀해 주시겠습니까?"

로빈이 머뭇거리자 제니퍼가 단호하게 말했다.

"우리는 현대의 아시아를 만나고 싶은 시청자들에게 문화 콘텐츠의 주요 생산자로서의 레인보우를 보여 주고 싶었습니다. 패션을 삶으로 인식하고 어떻게 고객들의 삶에 걸어 들어가서 함께 숨 쉬고 즐기는지요. 그러나 저희가 일주일간 관찰한 레인보우는 구성원들의 갈등, 소통의 어려움, 경직된 조직 문화 등으로 가득했어요. 결국 우리는 원하는 것을 찾아낼 수 없었습니다."

제니퍼가 설명을 마치자 로빈은 자리에서 일어났다. 유평화는 함께 로비까지 나와 제니퍼와 로빈을 배웅했다. 제니퍼가 회전문을 밀고 밖으로 나가자 로빈은 유평화에게 조용히 말했다.

"아쉽지만 우리는 이 내용을 제작하지 않으려고 합니다. 그 편이 좋을 것 같습니다. 이것이 방송으로 제작되면 당신과 당신의 기업에 좋지 않은 영향을 줄 것 같기 때문입니다. 평화, 한마디만 조언을 하겠습니다. 갈등이 없는 조직이 어디 있겠습니까? 갈등은 어느 조직에나 항상 존재하지요. 평화의 팀은 갈등이 존재할 수밖에 없다는 것을 인정하고 그 갈등을 해결하기 위해 건강하게 소통하는 법부터 배워야 할 것 같습니다. 늘 따뜻하게 맞이해 주어서 고마웠습니다."

"조언 감사합니다. 어려운 걸음 했는데 기대에 못 미쳐 미안하군요."

로빈과 제니퍼의 차가 점점 레인보우와 멀어졌다. 차가 시야를 벗어나 사라지는 것을 보며 유평화는 속으로 중얼거렸다.

'내 답답함의 실체가 이거였군.'

그러고는 회사 건물을 한번 올려다보더니 깊은 한숨을 내쉬었다.

성격적 기질의 차이가 갈등을 일으킨다

성격 기질 전문가인 데이비드 커시(David Keirsey) 박사는 사람들의 다름을 경험주의자(Artisan), 전통주의자(Guardian), 합리주의자(Rational), 이상주의자(Idealist)의 네 가지 기질로 나누어 설명했다. 이 책에서는 기업에서 이해하기 쉽도록 행동가형, 관리자형, 전략가형, 이상가형의 네 가지 기질로 부르기로 한다.

레인보우의 유평화, 심차근, 백전진, 신나리는 대표적인 네 가지 기질의 다른 성격을 보여준다. 신나리는 전형적인 행동가형이다. 심차근은 관리자형, 백전진은 전략가형, 유평화는 이상가형이다.

행동가형인 신나리와 전략가형인 백전진은 실용적이고 효율적인 일 처리 방식을 선호한다. 반면 관리자형인 심차근과 이상가형인 유평화는 과정과 절차를 중요시하고 협력적으로 일 처리를 하려고 한다. 엄예리도 관리자형에 속한다. 그래서 그녀는 일을 신속하게 처리하느라 위계질서에 신경 쓰지 않는 백전진에게 불편한 마음을 보였다. 결국 이들이 겪은 모든 갈등은 일을 풀어 가는 방식이 서로 달랐기 때문에 벌어진 일이다.

성격적 기질의 차이로 인한 다름은 서로 간에 불편함을 불러오게 되고, 그 불편한 감정들이 곧 갈등을 일으킨다. '나라면 이렇게 안했을 텐데' 하며 나의 프레임으로 상대방을 해석하려는 자의적 해석은 오해와 갈등을 유발한다.

신나리의 머릿속에는 '곧 다가올 품평회'를 완벽하게 해내고자 하는 강력한 의지로 가득했다. 무심코 내뱉은 "나도 칼퇴근 할 거야"라는 말에는 결코 신입사원을 비난하려는 의도가 없었다. 하지만 관계적 민감성을 상대적으로 많이 가지고 있었던 신입사원은 신나리의 발언이 자신을 겨냥하여 비난하고 있다고 받아들인다. 신나리가 커피를 권하는 신입사원의 친절을 사양한 것도 별다른 뜻이 없었다. 하지만 신입사원은 2차로 상처를 입는다.

자신의 성격에 갇혀서 상대방을 해석하는 것은 늘 오해를 불러일으킨다. 특히 상하관계에서는 권위에 대한 위축감을 가질 수밖에 없기 때문에 기질의 차이가 더 증폭되어 심한 오해와 갈등을 불러일으킬 수 있다.

네 가지 기질은 어떻게 분류되는가

데이비드 커시 박사는 사람들의 기질을 나누기 위해 먼저 사람들이 어떤 방식으로 대화 하는지 그리고 원하는 결과를 얻기 위해 어떤 태도로 행동하는지에 주목하였다.[9]

그는 사실적인 대화를 하는 사람들을 '구체적인 사람'(Concrete)으

---

9 참고 : 언어 방식과 행동 방식에 대한 분류 keirsey.com/temperament-overview

로, 아이디어를 말하고 비유적으로 말하는 사람들을 '추상적인 사람'(Abstract)으로 구분했다. 구체적인 사람들은 오감을 사용해서 주변의 상황을 있는 그대로 바라보기 때문에 현실적으로 대화하는 사람이고 추상적인 사람은 오감 뿐 아니라 육감도 사용하기 때문에 사실보다는 의미를 기억하고 비유적인 단어를 사용하여 대화한다.

또한 원하는 것을 얻으려는 태도의 차이에 따라 '실용적인 사람'(Utilitarian)과 '협력적인 사람'(Coopreative)으로 나누었다. 실용적인 사람은 과정보다는 결과를 중요하게 생각하기 때문에 일을 하는 방법이 적절한지를 살피기보다는 어떻게 해서든지 그 일을 해내려고 한다. 협력적인 사람은 결과보다는 과정을 중요하게 생각하기 때문에 규칙을 지키며 일하는 것을 우선시 하고, 함께 일하는 사람들과의 관계 유지에 신경을 쓴다.

이렇게 구체적인 사람과 추상적인 사람, 그리고 실용적인 사람과 협력적인 사람을 각각 나누면 네 가지 기질로 분류된다.

커시 박사의 네 가지 기질은 사람들의 성격적 특징뿐만 아니라 일하는데 있어서 말과 행동의 차이를 뚜렷하게 보여 주기 때문에 다른 성격 유형 분류보다 기업에서 응용하기가 쉽다.

구체적인 사람 (Concrete)	추상적인 사람 (Abstract)	
행동가형(Artisan) : 자유분방한 경험주의자	**전략가형(Rational)** : 완벽을 추구하는 합리주의자 또는 관념주의자	실용적인 사람(Utilitarian)
관리자형(Guardian) : 의무를 중시하는 전통주의자	**이상가형(Idealist)** : 자아를 찾고자 하는 이상주의자	협력적인 사람(Cooperative)

기질의 분류는 사람을 이해하고 소통하기 위한 것이다

　행동가형은 눈앞에 닥친 문제를 말하는 동시에 행동이 따라간다. 이들은 일에 대한 실행이 빠르고 목표를 향해 앞만 보고 달려간다. 규칙이 있더라도 효율을 강조하다보니 잘 따르지 않는다. 때문에 다른 기질의 사람이 행동가형을 보며 무색하게 느낄 수 있다. 그런 상황이 반복되면 상호간에 약속을 우습게 보는 듯한 인상을 주게 되어 갈등이 생긴다. 행동가형은 규칙을 준수하지 않으려는 것이 아니라 많은 대안이 쉽게 떠오르고 좀 더 중요한 것을 효율적으로 해 나가려는 열망으로 가득한 사람들이다. 그러므로 '저들은 신용이 없어!'라고 단정 짓기 전에 그들이 근본적으로는 관계와 규칙을 무시하는 사람은 아니라는 점을 염두에 둘 필요가 있다. 그들의 머릿속은 '빠르고 효과적인 것', '결과를 내기 위해 지금 이 순간 내가 할 수 있는 모든 일', '좀 더 중요한 일', '우선순위'에 사로잡혀 있을 뿐이다.

　관리자형은 문제가 보이면 일단 의무와 책임에 대해서 말한다. 이들은 정해진 규칙이나 법 안에서 다른 사람의 권리도 존중하며 일이나 사람을 돌보고 섬길 줄 안다. 관리자형을 보면 절차나 규칙에 지나치게 의존하는 듯한 인상을 받을 수 있다. 때로는 주객이 전도되어 일의 결과보다 절차가 합리적으로 설계되었는가를 끊임없이 자문하는 것처럼 보이기도 한다. 관리자형은 몇 번만 눌러 보면 이해가 될 기계도 사용설명서를 읽어 봐야 한다고 생각한다. '세상과 나는 배려 있는 약속으로 이어져 있다'고 믿는다. 관리자형의 머릿속은 '절차의 적합성',

'약속의 준수', '정확한 숫자'가 떠다닌다.

　전략가형은 대부분 자기 흥미를 끄는 문제와 자기가 생각하는 새로운 해결 방법에 대해서만 말한다. 실용적인 그들은 가장 효과적인 자기만의 방법으로 문제를 해결하고 싶어 하고, 필요하다고 생각되면 규칙이나 전통을 무시하기도 한다. 타고난 승부사인 전략가형은 칭찬에 인색하고 거만하다는 오해를 가장 흔하게 받는다. 그들이 칭찬에 인색한 것은 생각이 이미 과거의 결과에서 벗어나 미래로 달리고 있기 때문이다. 과거와 현재에 있었던 상대방의 칭찬받을 만했던 행동은 그들의 관심 속에 살아 있기 힘들다. 잘난 척을 하려는 의도가 아닌 넘치는 자기 확신으로 똘똘 뭉쳐 있는 전략가형의 머릿속은 승리, 새로운 것, 혁신, 진정한 합리성으로 가득하다.

　이상가형은 문제를 볼 때 자기가 바라고 상상하는 가능성에 대해서 말하고 싶어 한다. 이들은 양심적으로 행동하며 개인적인 윤리 기준을 타협하고 싶어 하지 않는다. 이상가형은 현실감각이 떨어지고 일과 시간의 물리적 배치를 어려워한다. 자주 볼 수 있는 광경은 일의 분담이나 위임이 힘들어 자신이 다 감당도 못하면서 떠맡다가 마감 날짜를 지키지 못하는 경우다. 이상가형의 지나친 인간관계 배려와 제시간에 끝내지 못하는 모습은 일을 맺고 끊는 데에 실력이 부족한 것으로 비춰지거나 우유부단하게 보일 수 있다. 열정이 넘치고 혼자서 다 하려다가 어느 날 탈진해 버리는 경우도 많다. 사람과 사람 간의 관계 속에 모세혈관처럼 뻗어 나간 것들을 모두 품고 있는 이상가형의 머릿속은 온전함, 인간애, 미래에 대한 꿈으로 가득하다.

성격과 기질은 타고난 것이므로 성향과 같이 끌리는 것이고 습관과 같이 편하게 사용할 수 있는 것이다. 당연한 이야기지만 모든 사람을 이 네 가지 기질로 정확하게 나눌 수 없고 그들의 성격을 다 설명할 수도 없다. 어떤 사람은 자기의 기질적 특성이 명확하지만 어떤 사람들은 중간에 있는 듯 애매한 경우도 있다. 또한 누구든 극단적인 기질의 일관적 태도는 있을 수 없으며 상황에 따라 얼마든지 다르게 나타날 수 있다.

세상에 존재하는 많은 성격 유형 이론들도 각각의 장단점이 있지만 성격 유형이나 기질은 사람을 분류하는 데 목적이 있는 것이 아니라 이해하고 소통하는 데 근본적인 목적이 있음을 전제하고 싶다.

나를 알고 남을 알아야 모두를 이해할 수 있다

요즘 많은 기업에서 '진정성 리더십'(Authentic Leadership)[10]에 대해 이야기한다. 지금까지 우리나라를 이끌어 온 카리스마적인 리더십은 더는 통하지 않기 때문에 진정성 리더십으로 바뀌어야 한다고 말이다. 얼마 전 한 대기업의 HR담당 최고 임원을 만날 기회가 있었는데, 그역시 "우리 회사의 임원들이 반드시 가져야 할 가장 중요한 덕목을 하

---

10 하버드 비즈니스스쿨의 스캇 스눅(Scott snook)이 제시한 개념. 리더가 완벽한 영웅이 되기보다는, 자아를 성찰하고 이에 기초한 확고한 가치와 원칙을 세워 구성원들에게 진솔한 모습으로 다가가 긍정적 영향을 미치는 리더십을 말한다.

나만 고르라고 하면 '진정성'을 꼽겠다"라고 했다.

그런데 문제는 많은 임원이 진정성 리더십을 가진 상사 밑에서 일해 본 경험이 없어 방법을 모른다. 진정성 리더십은 무조건 진솔하게만 다가간다고 되는 것은 아니다. 상대방이 나의 진정성을 받아들이고 바른 관계가 형성되어야 하는 것이다. 내가 만난 수많은 상사들의 대부분은 부하직원과 진정성 있는 관계를 갖기를 원했다. 그러나 그들의 부하직원들 중 자기 상사의 진정성을 인정하는 사람은 많지 않았다. 진정성 없이 자녀를 대하는 부모는 없을 것이다. 그러나 많은 자녀가 그런 부모의 진정성을 받아들이지 못하여 갈등하며 힘들어하고 있다.

진정성 리더십은 자기 자신을 아는 것부터 시작한다. 자신의 성격과 강점 및 약점을 알아야 하며, 자신이 왜 이런 말과 행동을 하는지 그 내면의 동기도 알아야 한다. 자신을 아는 것만으로는 부족하다. 상대방에 대해서도 잘 알아야 한다. 중요한 것은 그 사람이 처한 상황까지 잘 파악하여 내가 하는 말과 행동이 지금 이 상황에서 상대방에게 어떤 영향을 주고 있는지도 알아야 한다.

자기 자신과 상대방에 대해 잘 아는 것은 쉬운 일이 아니지만, 가장 쉬운 접근은 성격과 기질을 공부하는 것이다. 성격과 기질을 알면 알수록 사람에 대한 이해가 넓어지고 모든 사람이 다 다르게 태어났다는 것을 인정하게 된다. 그러면 나와 다른 것이 잘못이 아니라는 사실을 깨닫고 서로 달라서 생긴 갈등의 원인을 찾을 수 있다. 결국 '나 중심적 사고'를 가진 리더가 아니라 '상대방 중심적 사고'를 가진 리더, 즉 진정성을 갖춘 리더가 되는 것이다.

2부

이해해

기질과 욕구를 알면 소통할 수 있다

 **ep6.** 가장 중요하게 생각하는

가치가 무엇인가요?

토요일 아침, 신나리는 브런치 카페에서 스마트폰을 거치대에 세워 두고 블루투스 키보드로 글을 썼다가 지웠다를 반복했다. 몇 달째 기고하는 유명 패션잡지의 칼럼 원고를 오늘까지 넘겨주어야 하는데 한 시간이 지나도록 한 줄도 쓰지 못하고 있다. 건너편 테이블에 앉은 모녀의 대화 때문이었다.

그들의 대화는 그리 다정하지 않았다. 그렇다고 부모가 자녀를 꾸짖는 일상적인 풍경도 아니었다. 신나리와 비슷한 또래의 딸이 연로한 어머니에게 싫은 소리를 하고 있었다. 한껏 등을 구부린 채 풀이 죽은 모습으로 딸에게 야단을 맞는 노인의 모습이 신나리의 심기를 건드렸다. 신나리는 글쓰기를 포기하고 그들의 대화를 엿들었다.

"엄마, 왜 내 말을 안 듣는 거야? 의사가 수술해야 한다잖아! 침 맞는 정도로는 안 된다니까. 전문가가 아닌 사람의 말은 듣고 의사 말을 무시하는 거야?"

딸의 격양된 목소리 때문에 어머니의 말은 들리지 않았지만, 딸의 말을 종합해 보면 상황은 이래 보였다. 일단 어머니가 무릎이 아파서 병원을 찾았다. 의사는 수술을 권유했으나 어머니는 주변 친구들의 경험담을 듣고는 수술을 거부하고 침으로 치료하길 원했다. 딸은 어머니가 빨리 수술을 받고 건강을 회복했으면 좋겠는데, 고집을 부리니 답답했다.

신나리는 딸이 속상할 만하겠다 생각했다. 그렇지만 딸이 화가 난 이유가 꼭 어머니를 걱정하는 마음 때문만은 아닐 거라는 생각도 들었다. 아마도 과거로부터 이어져 내려온 그들의 갈등이 지금 폭발하고 있는 것 아닐까? 왜냐하면 딸은 엄마를 설득하는 과정에서 '왜 항상 내 말을 존중하지 않는지'에 대한 감정적 불만을 격하게 토해냈기 때문이다.

물끄러미 그들을 바라보던 신나리는 문득 어제 일이 생각났다. 막내 사원이 사직서를 들고 찾아와 퇴사 의지를 밝혔다. 너무나 갑작스러운 일이었기에 다양한 이야기를 해 주며 회유했지만 막내 사원의 의지는 결연했다.

"실장님, 이 일은 제가 원하는 일이 아니었던 것 같아요. 제가 실장님이 원하시는 대로 일을 다 해내지도 못하는 것 같아 계속 자책하게 돼요. 저는 정말 최선을 다하는데 결과가 안 좋으니까 성취감도 없고 자존감도 떨어지고요. 그리고… 실장님께서 저를 계속 못마땅하게 여기시는 것 같아서 정말 힘들어요. 미래가 보이지 않는 이런 삶은 더 이상 살고 싶지 않아요."

신나리는 평소 같으면 신나게 대화를 주도했을 텐데 이번에는 말을 잇지 못했다. 패션사업부 디자인실은 회사 안에서도 기피하는 부서였다. 디자이너들 사이에서는 신나리가 되지도 않을 일을 앞뒤 없이 밀어붙이고, 지시도 이랬다저랬다 해서 맞추기가 힘들다는 소문이 돌았다. 디자이너들은 모두 그 부서로 발령을 받게 되면 과로사를 하거나 신나리 실장처럼 노처녀가 될 거라는 괴담을 퍼트렸다. 부서 간 이동이 어려워지자 궁여지책으로 신입사원을 채용한 것인데 일 년을 채우지 못하고 퇴사라니. 채용 문제가 해결이 안 되다 보니 감당해야 하는 업무는 점점 더 늘어났고 시간이 흐를수록 생산성도 떨어졌다.

'나 같은 직원 하나만 들어오면 좋겠는데… 휴우.'

신나리는 한숨을 쉬며 손목시계를 보았다. 아뿔싸! 폴 코치와 만나기로 한 시간이 가까워 왔다. 괜히 옆 테이블 대화에 집중하다가 원고는 한 자도 못 쓰고 시간만 보냈다. 이걸 다 언제 쓰나 걱정이 되긴 했지만 '밤에 하면 되겠지' 하며 후다닥 짐을 챙겨 카페를 빠져나왔다.

레인보우 패션사업부는 'BBC 방송의 불발 사건'을 계기로 회장님의 특별 명령을 받은 상태였다. 유평화는 로빈 감독이 의미심장하게 남기고 간 "건강하게 소통하는 법부터 배워야 할 것 같습니다"라는 말을 회장님께 사실대로 보고했고 대안을 마련하라는 회장님의 지시대로 부서장들에게 의견을 구했다.

부서장들의 고민은 며칠간 이어졌다. 그러다가 신나리는 얼마 전 TV에서 기업 내 갈등을 기질의 차이에서부터 설명하던 폴 코치가 떠올랐다.

"지금 우리에게 필요한 분은 이분인 것 같아요."

그는 성격 전문가로서 조직이 갈등을 해결하고 서로의 장점을 살려 일하며 성과에 몰입할 수 있도록 돕는 전문 코치였다.

신나리는 서둘러 폴 코치를 만나기로 했던 카페로 들어섰다. 그는 먼저 도착해서 신나리를 기다리고 있었다. 깔끔한 회색 슈트 차림에 빛나는 안경테 너머의 눈으로는 책을 읽는 중이었다. 신나리는 숨을 헐떡거리며 뛰어와 폴 코치에게 인사를 했다.

"폴 코치님, 안녕하세요. 전화로 연락 드렸던 레인보우 패션사업부의 신나리 실장입니다. 늦어서 죄송해요."

폴 코치는 읽고 있던 책을 덮으며 자리에서 일어나 악수를 청했다.

"신나리 실장님이시군요. 아닙니다. 덕분에 읽던 책을 마무리할 수 있었어요. 반갑습니다. 앉으시죠."

신나리는 이마에 송골송골 맺힌 땀을 닦아 내며 폴 코치와 마주 앉았다. 신나리는 그간 레인보우 패션사업부에 있었던 일을 폴 코치에게 자세하게 설명했다. 그러면서 부서간의 화합을 이끌어 낼 수 있도록 도와 달라고 청했다.

"좋습니다. 그런데 조건이 있습니다. 코칭 기간 동안 몇 번의 과제가 있습니다. 모든 참가자가 과제를 충실히 해 오기로 약속해야 합니다."

"과제… 요?"

"네. 첫 번째 과제는 가치 목록에서 내가 가장 중요하게 생각하는 가치 다섯 개를 뽑아 오셔야 합니다."

폴 코치는 100개의 가치 카드가 붙어 있는 보드를 테이블에 올려놓았다. 각각의 가치는 마그넷으로 되어 보드에 붙어 있는 형태였다.

가치 목록(Value Inventory)

가족	결의	겸손	경제력	공감	공정	공헌	관용	근면	긍정
기쁨	꿈	끈기	나눔	노력	도전	독립성	독창성	명예	명확함
모험	목적의식	배려	배움	변화	보람	봉사	비전	사랑	사려깊음
새로움	성실	성장	성취	소신	솔선수범	순종	신뢰	신속	신앙
신중	실천	아름다움	안락함	안전	야망	약속	연합	열린마음	열정
예의	온전함	용기	용서	우정	유능	유머	유연성	이해	인간애
인내	인정	자신감	자유	자율	자존감	잠재력	재미	적극성	전문성
절도	절약	절제	정돈	정의	정직	조화	존중	주인의식	중용
즐거움	지성	지식	지혜	진실	질서	창의성	책임감	청결	초연
충직	친절	탁월함	평등	평온함	평화	헌신	화합	환경보호	효율

신나리는 단어 하나하나를 유심히 들여다보았다. 폴 코치가 말을 이었다.

"사람들은 저마다 무엇인가를 중요하게 여기는 가치 기준이 다릅니다. 그리고 이 가치 기준이 그 사람의 생각과 행동을 결정하죠. 팀원 개개인의 서로 다른 가치 기준은 팀에 역동을 주기도 하지만 갈등을 불러오기도 합니다. 그렇다고 서로 같은 가치를 가진 사람들만 한 팀이 되어야하는 것은 아닙니다. 우리 목표 역시 서로 같은 가치 기준을 갖도록 돕는 것이 아닙니다. 공통의 목표를 이루는 과정에서 진정한 의미의 일체감은 서로 똑같은 가치 기준을 가진 사람이 되는 것이 아닙니다. 각자의 다름을 이해하는 것입니다. 그로 인한 선한 역동을 얼마나 일으키느냐가 관건이죠."

신나리의 가슴에 폴 코치의 부드러운 중저음의 목소리가 깊이 파고들었다. 아직 그 내용이 완벽히 이해되지는 않지만 말이다.

"네, 코치님. 첫 미팅에서 뵙겠습니다. 과제도 잘해 올게요!"

신나리는 이번에야말로 레인보우 패션사업부의 문제를 해결할 기회를 만났다는 희망에 들떠 미소 지었다.

월요일 아침, 회사 내 드림 카페 세미나실에는 유평화, 심차근, 백전진, 엄예리가 빙 둘러 앉아 신나리의 이야기를 듣고 있었다. 신나리는 지난 토요일에 만난 폴 코치가 준 가치 목록에 대해 설명했다. 사람들은 '이건 또 무슨 엉뚱한 이벤트인가' 하는 심드렁한 표정과 침묵으로 거부감을 있는대로 드러냈다. 엄예리가 먼저 입을 열었다.

"그러니까 실장님 말씀은 이 중에서 자기가 중요하게 생각하는 가치 마그넷을 다섯 개 골라서 보드에 붙이면 된다는 말씀이시죠? 이렇게 많은 단어를 동시에 보니까 너무 헷갈려요."

엄예리는 하나씩 떼었다 붙였다 하며 심란해했다. 그러자 백전진이 답답하다는 듯 엄예리의 손에 들려 있던 보드를 빼앗아 시범을 보였다.

"이렇게 하면 됩니다. 중요하게 생각하는 것을 왼쪽에, 중요하지 않게 생각하는 것을 오른쪽에 줄 세우는 거죠."

백전진은 순식간에 백 개의 마그넷을 두 줄로 나열했다.

"자, 이렇게 1차 필터링이 되었으니 그다음에는 중요하게 생각한다고 뽑았던 가치끼리 일대일 대조를 해 보면 됩니다."

그는 오른쪽에 붙여 두었던 마그넷을 모두 떼어 내고 왼쪽에 붙여 두었던 마그넷을 두 개씩 비교해서 고르는 것을 시범으로 보여 주었다. 깔끔한 설명이 끝나자 사람들은 그제야 방법을 알았다는 듯이 고개를 끄덕였고, 신나리는 미팅을 마무리했다.

"역시 백 과장님은 탁월하네요. 단숨에 이해하시는군요. 자, 이제 모두 이해하셨죠? 이번 주 금요일이 폴 코치님과의 첫 미팅이니까 그때까지 숙제해 오시고요. 오늘 미팅은 여기서 마치도록 할게요."

심차근은 한껏 들떠 있는 신나리의 모습이 눈에 거슬렸다.

'꼭 자기가 좋아하는 일을 할 때만 저런다니까.'

그때 유평화가 입을 뗐다.

"신나리 실장님, 폴 코치님을 섭외해 주셔서 고맙습니다. 주말까지 수고해 주신 나리 실장님에게 모두 박수 보내 주세요."

박수라니, 사람들은 하나같이 미간을 찌푸리고 건성으로 박수를 치는 둥 마는 둥 하다가 자리에서 일어났다. 모든 게 다 못마땅했지만 회장님의 지시사항이니 선택의 여지는 없었다.

　모두 자리를 정리하고 사무실로 향하는 찰나에 심차근이 신나리에게 다가와 슬쩍 물었다.

　"막내 사원 퇴사 건은 어떻게 되었어요?"

　"나간다는데, 보내 줘야죠. 어쩌겠어요."

　신나리는 암담한 기분이었다. 최고의 디자인을 뽑아 낸다고 명성이 자자했던 신나리였건만 디자인 부서의 책임자가 된 이후로는 회사생활에 바람 잘 날이 없었다. 그녀는 여전히 열정적이고 창의적인 그때 모습 그대로인데, 신나리와 디자인실은 이름 모를 태풍 속에서 휘청거리고 있다. 신나리는 입술을 꼭 다물며 가치 보드를 힘껏 껴안았다. 어떻게든 보이지 않는 그림자로부터 벗어나고 싶었다.

ep7. 잘못된 일은 있어도
잘못된 사람은 없습니다

심차근은 어딜 가든 약속 시간에 늦는 법이 없었다. 누굴 만나든, 어떤 모임에 가든 10분 미리 도착하는 것은 기본이었다. 그러다 보니 약속 시간 안에 오지 않는 사람을 보면 속으로 화가 치밀어 올랐다. 시간을 지키지 않는 것은 상대방을 향한 인격적 모독이라고까지 생각했다. 상대방의 시간을 멋대로 침해하고, 그가 세워 놓은 일련의 계획들을 망가뜨리는 행위라고 느끼기 때문이다. 기본적인 약속도 지키지 못하는 사람은 일을 제대로 할 수 없다는 강한 신념을 가지고 있는 심차근의 마음을 가장 괴롭히는 사람은 항상 신나리였다. 그녀는 여태껏 단 한 번도 시간을 지킨 적이 없었을 뿐 아니라 약속 없이 나타나기 일쑤였다.

금요일 아침, 폴 코치와의 첫 미팅 날이다. 심차근은 별로 마음에 내키지 않았지만 늦는 것 자체가 불편했기에 오늘도 약속 시간보다 10분 일찍 도착했다. 내심 여느 때와 다름 없이 자신이 제일 먼저 도착해서 세미나실의 불을 켜고 테이블을 정돈하는 역할을 하겠거니 하며 유리문을 열고 들어섰다.

"굿모닝! 일찍 오셨네요? 차는 뭐로 드실래요?"

늘 여주인공처럼 맨 나중에 등장하던 신나리가 먼저 와 있었다. 콧노래까지 부르며 테이블에 꽃무늬 냅킨을 깔고 그 위에 작은 다과 접시를 올려 두며 심차근에게 밝게 인사했다. 어디서 구했는지 테이블 중앙에는 노란 프리지어가 투명한 크리스털 컵에 살포시 꽂혀 향기를 뿜어내고 있었다.

"오늘은 해가 서쪽에서 떴나요?"

심차근은 짐짓 놀란 티를 내지 않으며 이야기했다. '이렇게 시간을 잘 지킬 수 있는 사람이 그동안은 그럼 일부러 늦었던 건가?' 하는 생각이 드니 신나리의 흥얼거리는 소리조차 불쾌하기 이를 데가 없었다.

"이게 바로 제 본모습인데요? 심 부장님은 나를 몰라도 너무 모르신다니까."

그때 유평화가 세미나실 문을 열었다. 신나리의 목소리는 한층 더 톤이 높아졌다.

"본부장님 오셨어요?"

유평화는 세미나실에 들어서자마자 감탄을 하며 말했다.

"와! 이 꽃은 프리지어 아닙니까? 아내가 제일 좋아하는 꽃인데. 역시 우리 나리 실장님은 영락없는 예술가시로군요!"

유평화는 꽃병을 가져다가 코에 갖다 대며 눈을 감고 향기를 맡았다. 뒤늦게 엄예리와 백전진이 함께 세미나실로 들어왔다. 엄예리는 급히 가방을 내려놓으며 말했다.

"벌써 다들 오셨네요! 제가 가서 차 주문하겠습니다."

백전진은 그런 엄예리를 지나쳐 자리에 앉으며 말했다.

"저는 따뜻한 쌍화차로 부탁드립니다."

그런 백전진에게 엄예리가 톡 쏘아붙였다.

"요즘 쌍화차가 어디 있어요? 백 과장님 입맛이 완전 할아버지네요."

테이블을 세팅하던 신나리는 두 사람을 번갈아 보며 빙그레 웃었다.

"두 사람이 같이 들어오니까 참 보기가 좋네요. 예리 과장, 드림 카페에는 스페셜 메뉴로 쌍화차가 있어요."

그때 심차근도 신기해하며 대화에 합세했다.

"백 과장은 하여간 엉뚱한 구석이 있다니까. 나도 커피숍에서 쌍화차 찾는 사람은 처음 보는군."

"부장님, 제가 커피를 마시지 않아서요. 지난번에 쌍화차가 있는 것을 보고 그때부터 마시게 되었습니다. 저는 전통차를 즐기는 편입니다."

그때, 폴 코치가 세미나실로 들어왔다. 유평화는 자리에서 벌떡 일어나 폴 코치에게 다가가 인사했다.

"코치님, 반갑습니다. 저는 패션사업부 유평화 본부장입니다. 이렇게 귀한 걸음 해 주셔서 감사합니다."

유평화는 정중하게 명함을 건넸고, 다른 사람들도 한 명씩 인사를 마친 뒤 자리에 앉았다. 엄예리는 폴 코치에게 다가가 물었다.

"코치님, 차는 어떤 걸로 하시겠어요? 커피와 과일주스, 그리고 쌍화차도 있습니다."

"저는 아이스커피로 부탁합니다."

차를 주문하고 돌아온 엄예리가 자리에 앉자, 폴 코치는 "지난번에 신나리 실장님께 간단하게 이야기를 들었습니다" 하고 이야기를 열었다.

"몇 번 안 되는 짧은 만남이지만 원하는 것을 얻을 수 있는 의미 있는 시간이 되었으면 좋겠네요. 원하는 것 이상의 성과를 얻기 위해서는 먼저 원하는 것이 분명해야 합니다. 모두들 건강하게 소통하는 법을 배워 높은 성과를 내는 팀이 되고 싶은 것 맞지요?"

폴 코치의 질문에 모두 작은 목소리로 그렇다고 대답했다.

"교육을 받으러 온 사람들은 몇 가지 유형으로 나뉩니다. 억지로 끌려온 '인질형', 가서 쉬다가 오자고 생각하는 '휴가형', 그리고 지금의 문제를 해결해 볼 기대를 갖고 오는 '학습형'입니다. 여러분은 어떤 마음으로 오셨나요? 감시하는 사람도 없는데 솔직하게 나눠 봅시다."

사람들의 얼굴에는 비적비적 말간 미소가 번져 나갔다. 묵중한 경계심의 빗장이 열린 듯, "저는 인질형이요", "저는 휴가형인데", "저는 학습형 할래요"라고 장난스럽게 답했다.

"저에게 여러분 모두를 학습형으로 만들어야 하는 숙제가 생겼네요."

폴 코치도 웃으면서 말했다.

"먼저 서로 소개하는 시간을 갖기로 하지요."

그러면서 폴 코치는 자신의 프로필을 소개했다. 그중에서도 그가 어떻게 코치가 되었는지 이야기할 때는 모두 숨을 죽이고 집중하며 들었다. 사실 그는 소통을 잘하지 못하던 사람 중 한 명이었지만 이런저런 일을 겪으며 '소통을 코칭하는' 사람이 된 것이다. 그의 이야기는 짧았지만 진솔했고 흡인력이 있었다.

"자, 제 소개를 먼저 했습니다. 이제는 여러분이 자기소개를 해 주세요."

사람들은 자신의 이름과 부서, 직함, 하는 일을 돌아가며 소개했다. 폴 코치는 모두의 소개를 듣고 말했다.

"지금 여러분께서는 각자 하는 일을 소개해 주셨습니다. 보통 우리는 서로를 소개할 때 주로 이렇게 무슨 일을 하는지 소개하지요. 이것은 'Doing'에 대한 소개입니다. 그러면 이제부터는 나는 어떤 사람인가, 즉 'Being'에 대해 소개하는 시간을 갖겠습니다. 사전 과제로 본인이 중요하게 생각하는 가치 다섯 개를 골라 오셨을 겁니다. 이것이 왜 중요하다고 생각하는지, 만약 그렇게 생각하게 된 특별한 계기가 있다면 그 경험을 바탕으로 자신에 대해 소개해 주시길 바랍니다."

폴 코치는 오늘 제일 빨리 도착한 사람부터 자신이 고른 가치를 소개해 달라고 했다. 사람들은 일제히 신나리를 지목했다.

"신나리 실장님이 제일 일찍 오셨군요? 나눔 시간은 한 사람당 3분 정도로 하겠습니다. 그러면 신나리 실장님부터 오른쪽으로 돌아가며 이야기를 나눠 주시면 됩니다.

신나리: 기쁨, 나눔, 신속, 자유, 효율

"저는 일이 주어지면 생각을 오래하기 보다는 빠르게 실행에 옮기는 편인데, 그건 제가 '효율'을 중요하게 여기기 때문이에요. 또 '자유'라는 가치에도 무척 끌렸어요. 새처럼 자유롭게 날아다니고 싶어 하죠. 그래서인지 새장에 갇힌 느낌이 들면 정말 힘들어요. 음, 그리고 가치 목록을 보면서 제 자신에 대해 새롭게 알게 된 것이 있는데 제가 무언가를 나누어 주는 것을 좋아하더라고요. 좋아하는 물건이나 아이디어 상품을 보면 꼭 몇 개를 사서 그게 필요할 것 같은 주변 사람들에게 나누어줘요. 받는 사람이 좋아하면 너무 기뻐요. 그래서 책상에 서류들과 물건이 쌓이는 걸까요?"

백전진: 독창성, 성장, 성취, 자신감, 지식

"저는 관심 있는 것은 더 깊이 알고 싶어 합니다. 전문가 급의 지식을 가져야 직성이 풀린다고 해야 할까요? 지금도 제가 좋아하는 분야에 관해서는 누구보다 잘 안다고 생각하고 있고요. 그건 아마도 모든 일에 자신감을 갖고 임하려는 마음과 맞닿아 있어서 그런 것 같습니다. 실제로 사람들이 저에게 '모태 자신감'이라고 부르기도 합니다. 반대로 확신이 서지 않는 일은 하려고 하지 않는 편입니다. 항상 더 성취하고 싶고, 더 성장하고 싶은 마음이 있어요. 학생 때도 존경하는 선생님이나 멋진 형이 보이면 그분에게 영향을 받고 싶어 따라다녔는데, 그게 저의 성장에 촉매제가 되어 주곤 했습니다. 저는 가치 목록 중에 '독창성'이 가장 마음에 듭니다. 미개발 분야에 대한 탐구와 나만의 독창적인 생각과 방법을 찾아가는 것에 언제나 열심을 내곤 합니다. 사실 처음에 가족을 가장 중요한 가치로 골랐는데, 아무리 생각해 봐도 가족에게 시간을 내지 못하는 내 모습이 가족을 가장 중요한 가치로 보지 않는 것 같아서 아쉽지만 과감히 뺐습니다."

심차근: 가족, 성실, 약속, 질서, 절제

"저에게는 가족이 가장 중요한 가치입니다. 가족과 함께하는 시간이 가장 행복하고요. 다들 가족 때문에 일하는 것 아닌가요? 일에 있어서는 약속을 잘 지키는 것을 제일 중요하게 생각해요. 서로 간에 합의한 약속이 잘 지켜지면 모든 일이 질서 있게 잘 돌아갈 겁니다. 사소한 구두 약속도 중요하기 때문에 반드시 지키려고 하고, 그러다 보니 너무 신중하게 고민하고 섣불리 하겠다고 대답하지 않아 오해도 많이 받아요. 저에게 어떤 리더가 되고 싶냐고 물어본다면 '주어진 일에 성실하게 최선을 다하는 신뢰할 만한 리더'가 되고 싶어요. 평소에 원하는 것이 있어도 불쑥 손을 내밀지는 않습니다. 이게 정말 필요한 건지, 그 가격의 가치에 해당하는 것인지, 또 바른 결정을 한 건지 다른 곳과 비교하면서 열 번도 넘게 생각하다 보니 절제가 저절로 되는 것 같습니다."

유평화: 가족, 꿈, 신앙, 연합, 인간애

"다섯 개만 고르는 게 다들 쉬우셨나요? 저는 무척 어려웠습니다. 각각 강렬한 불을 뿜어내듯 눈에 들어왔죠. 잠들기 전에도 생각나고 업무 중에도 문득 생각이 교차되어 몇 번을 뒤집었는지 모릅니다. 그렇게 최종 선택한 다섯 개의 키워드! 제가 이걸 중요하게 여기고 있다는 것을 생각하는 과정은 저에게 큰 즐거움이자 묵직한 감동이었습니다. 첫째, 저는 여러 사람의 마음을 하나로 모으는 것이 제일 중요하다고 생각합니다. 지금도 여러분과 함께, 한 가지에 대한 공통적인 생각과 나눔을 하고 있다는 것이 말할 수 없이 기쁩니다. 둘째, 그래서 평생 함께할 가족은 가장 중요한 가치죠. 취미생활도 아내와 함께 즐길 수 있는 것으로 찾고 있습니다. 셋째, 기독교인이라 신앙 또한 저의 중요한 가치입니다. '기독교적 가치를 어떻게 조직에 접목시켜 더 높은 성과를 내고 행복하게 일할 수 있을까?' 항상 고민합니다. 넷째, 서로 다른 생각과 재능을 가지고 있는 사람들이 함께 모여 공동체를 이루어 갈 때, 그 원동력은 사람에 대한 관심과 사랑, 즉 인간애가 최고의 덕목이라고 믿습니다. 마지막으로, 꿈을 향해 가는 발걸음에는 기대 이상의 결과가 나오기도 합니다. 그렇기에 우리의 일터를 꿈의 공간으로 만들고 싶습니다. 꿈은 여전히 저의 에너지원이기도 합니다."

엄예리: 공감, 공정, 보람, 유머, 헌신
"저는 항상 주변 사람들의 필요가 느껴져요. 친구들끼리 식사를 하는데 어떤 친구가 식사 도중에 주변을 두리번거리자 제가 반사적으로 티슈를 건네주었더니 다들 놀라더라고요. 그런 일이 종종 있어요. 저도 제가 왜 그러는지는 잘 모르겠지만 헌신이 저에게 중요한 가치인 것 같아요. 또 저는 보람을 선택했는데 헌신도 보람을 느끼려고 하는 것 같아요. 자기만족형 헌신이라고 해야 할까요? 길에서 무거운 물건을 들고 힘들어하시는 할머니들을 돕거나 비가 오는데 우산이 없어서 쩔쩔매는 사람들을 집까지 데려다 주면 기분이 좋아요. 그날 아무리 우울한 일이 있었더라도 말이죠. 공감을 고른 이유는 어떤 사건 때문인데, 친구 어머니께서 돌아가셨는데 장례식장에서 제가 하도 슬피 울어서 사람들에게 유가족인줄 알았다는 이야기를 들었어요. 친구의 슬픔이 얼마나 클지 생각하니 너무 가슴이 아프더라고요. 그런데 한 가지 이상한 부분이 있었어요. 평소에는 다른 사람의 마음에 쉽게 공감하면서 회사에서는 비교적 안 되더라고요. 이번 과제를 통해 곰곰이 생각해 보니, 공정함도 저의

중요한 가치라는 걸 알게 되었어요. 자기의 일을 올바로 하지 않거나 공정하지 않은 모습이 보일 때는 수용이 잘 안 돼요. 마지막으로 유머는, 분위기를 밝게 만들고 싶은 욕구가 있어서 유머만 모아 놓은 책을 여러 권 사서 읽었어요. 의도와는 다르게 분위기를 오히려 썰렁하게 만들어 버리곤 하지만 말이죠."

분명 다들 평소와 다른 활력이 있었다. 풀썩거리는 파도가 이따금 해변에 조개껍데기를 흩어 놓는 것이 바다의 전부라는 사람은 없을 것이다. 그런데도 우리는 그 몇 개의 조개껍데기를 바다의 얼굴이라고 믿는 웃지 못 할 일들을 벌인다. 예를 들어 회사에서 만난 동료의 평소 업무 스타일만으로 그 사람의 모두를 다 안다고 착각하는 것이다. 그러나 우리가 회사에서 보는 모습은 각자 커다란 궤적을 그리며 회전하다가 아주 작은 면과 면이 서로 맞닿게 되는 순간과 같다. 단 0.1센티미터도 안 되게 가깝게 만난 순간이 있다고 해서 서로를 다 안다고 할 수 없는 노릇 아닌가?

그런데 지금 이 순간, 레인보우의 패션사업부 사람들은 파도치는 바다 저 너머에 있는 서로의 푸른색, 붉은색 얼굴을 마주하게 되었다. 신기하게도 미지의 자각은 서로를 더욱 정확하게 인지하게 되는 역반응을 유발했다. 여태까지의 서로의 행동에는 동기가 있고, 그 속에는 그들이 방금 자신의 입으로 읊조린 '가치'가 있다. 이것이 모두 공존할 때 바다는 더욱 아름답게 빛난다.

엄예리의 마지막 발표가 끝나고, 폴 코치가 입을 열었다.

"중요하게 생각하는 가치들을 함께 나눠 보시니 어땠습니까?"

엄예리는 호기심으로 피어나는 어린아이의 발그레한 얼굴 빛이 되어 말했다.

"나에 대해 많은 생각을 하는 기회였어요. 골대 없는 허공에 공을 던지는 것이 아니라 목적이 있는 사색이라고나 할까요? 회사에서 업무 이야기만 하다가 이런 이야기를 나눠 보니 새콤달콤해요. 상대방에 대해 깊이 알게 되니 이해도 되고요. 짧은 시간에 훨씬 더 친해진 느낌이 들어요. 사실 저는 가족하고도 이런 대화는 나눠 본 적이 없었어요."

신나리는 엄예리의 이야기를 듣고 고개를 끄덕이며 말했다.

"회사를 아무리 오래 다녔어도 이런 주제로 대화를 나누게 되지는 않잖아요? 정말 좋네요. 서로 좀 더 가까워진 느낌이에요."

폴 코치는 신나리의 이야기를 듣고 미소를 지었다.

"모든 사람은 중요하게 생각하는 가치가 다 다릅니다. 그것은 그들이 다 다르게 창조되었기 때문이지요. 그리고 중요하게 생각하는 가치가 서로 다르다는 것은 인간관계에서 갈등이 존재할 수밖에 없다는 거지요. 예를 들면 '자유'와 '질서'는 충돌할 수밖에 없는 가치거든요."

폴 코치는 화이트보드에 'Doing'에서 'Being'으로 향하도록 화살표를 그렸다.

"직장이라는 곳의 특성상 우리는 서로를 일 중심으로 보기 쉽습니다. 하지만 그 일을 수행하는 것은 사람입니다. 따라서 사람을 이해하지 않고는 일을 제대로 할 수 없습니다. 직장에서 건강한 소통을 하려면 일과 사람을 구분하는 것이 가장 중요합니다. 잘못된 일은 있어도 잘못된 사람은 없다는 것이죠. 그래서 일은 Doing의 관점에서 바라보고 사람은

Being의 관점으로 바라보는 것이 중요합니다.

상대방에 대해 안다는 것은 무엇일까요? 좋아하는 음식, 색깔, 즐겨 입는 옷을 알면 잘 안다고 할 수 있을까요? 아니겠지요. 그 사람이 가지고 있는 가치관을 알 때 가장 핵심적인 것을 서로 알게 되는 것입니다. 상대방이 이해가 안 되는 이유는 나 중심적 사고로 상대방을 바라보기 때문입니다. 상대방이 나와 다르다는 것, 그리고 다른 것은 틀린 것이 아니라는 사실을 이해할 때에야 비로소 소통을 시작할 수 있습니다. 상대방을 있는 모습 그대로의 Being으로 보려는 노력은 나 중심적 사고를 상대방 중심적 사고로 전환하여 건강한 소통을 시작하게 하는 출발점이 됩니다."

폴 코치는 앞에 놓인 화이트 보드에 멋진 필체로 글을 썼다.

Doing ⟶ Being

나 중심적 사고 ⟶ 상대방 중심적 사고

나와 다른 것은 틀린 것이 아니다.

 ep 8。

서로 다르기 때문에
최고의 팀이 될 수 있습니다

　"자 그럼 이제는 사람을 좀 더 이해하도록 돕는 성격적 기질에 대해 알아보기로 하지요."

　폴 코치는 성격적 기질을 진단해 볼 수 있는 '네 가지 기질 진단지'[11] 를 나누어 주었다. 사람들은 진단지를 받아들고 앞뒤로 넘겨보며 집중하여 살폈다.

　"우리는 각자 고유한 모습을 가지고 있습니다. 꼼꼼하고 철저한 사람이 있는가 하면 덤벙거리는 사람도 있습니다. 새로운 환경에 가서도 원래 지내던 곳처럼 금방 적응하는 사람이 있는가 하면 계획했던 일의 순

---

11 이 책 부록 참조.

서가 조금만 바뀌어도 모든 것이 뒤엉켜 곤란해하는 사람도 있습니다. 이 모든 것은 우리가 각자 가지고 있는 성격의 다채로움입니다. 이것은 '틀린 것'이 아니라 '다른 것'이고 좀 더 정확하게 말하면 우리는 서로 '다르기 때문에' 최고의 팀이 될 수 있는 겁니다. 우리는 서로 다른 성격 때문에 갈등이 일어난다고 생각하지만 한편으로는 서로를 필요로 합니다. 내가 가지지 못한 빈 곳을 상대방이 채워 줄 수 있기 때문이죠. 물론, 그걸 채워 주는 관계로 형성되었을 때 말입니다. 이제 시간을 10분 정도 드리겠습니다. 진단지에 체크한 항목을 점수로 환산해서 자신의 성격적 기질을 먼저 찾아보세요."

사람들은 모두 진지하게 전단지의 항목을 읽으면서 체크하기 시작했다. 백전진은 표시하는 칸을 넘어서도록 크게 휘갈겨 표시했고, 엄예리는 네모 칸을 벗어나지 않게 깔끔하게 표시했다.

"자, 이제 다들 결과가 나왔을 겁니다. 유평화 본부장님부터 오른쪽으로 돌아가며 자신의 유형을 이름 옆에 기입해 보십시오."

유평화는 자신의 이름 옆에 '이상가형'이라고 적은 다음 종이를 옆으로 돌렸고, 심차근, 백전진, 신나리, 엄예리 순으로 기질 진단 결과를 적어 폴 코치에게 전달했다. 전부 다 기록한 종이를 건네받은 폴 코치는 슬며시 웃었다.

"앞으로 최고의 팀이 되실 수 있겠군요! 물론 그 반대일 수도 있겠지만 말입니다."

유명화	이상가형
심차근	관리자형
백전진	전략가형
신나리	행동가형
엄예리	관리자형

폴 코치가 손에 들고 있던 스마트포인터의 버튼을 누르자 그의 뒤에 펼쳐져 있던 화이트스크린 위로 화면이 켜졌다.

"지금부터 네 가지 기질의 특성과 그들이 갖고 있는 내면의 기본 욕구들에 대해 알아보지요. 내면의 기본 욕구는 우리 안에서 채워져야만 하는 욕구로 우리의 모든 행동은 이 욕구의 결과라고 볼 수 있겠지요."

화이트스크린에는 다음과 같은 내용이 있었다.

행동가형 (Artisan, 장인/예술가) _____ **자유분방한 경험주의자**

행동가형은 눈앞에 보이는 문제를 말하는 동시에 행동이 따라간다. 이들은 규칙을 좀 어기는 한이 있더라도 '빠르고 효과적인 결과'를 위해 자기가 '할 수 있는 모든 것'을 동원해서 행동한다.

•• 행동가형의 욕구: 충동으로부터의 자유로운 반응, 남에게 좋은 영향을 주고 싶어 함, 흥미와 재미

"먼저 행동가형의 특징과 욕구입니다. 신나리 실장님, 공감합니까?"

폴 코치가 미소를 지으며 물었다. 그러자 심차근이 "네! 무척 공감이 됩니다" 하고 대답하는 바람에 모두들 '와하하' 웃음을 터트렸다. 폴 코치는 계속 말을 이었다.

"행동가형은 대부분 급하고 중요한 일이 닥치면 즉시 행동에 나섭니다. 가장 빠르게 움직이는 사람이라고 할 수 있지요. 자신이 흥미 있어 하는 일은 놀라운 집중력을 보이며 모든 수단과 방법을 동원해서라도 반드시 해 냅니다. 하지만 하던 일이 지루하다고 느껴지거나 중요하지 않다고 여겨지면 금방 싫증이 나서 다른 중요한 일을 찾아간답니다. 그러다 보니 원칙과 질서를 지키려는 사람들과 갈등도 생기겠지요?

아무리 어려운 일이라도 해결해 내는 해결사이지만 동시에 일에 끌려 들어가는 사람들이 힘들어 하기도 해요. 항상 행동이 빠르지만 자신 없는 일은 마냥 미루기도 합니다. 신나리 실장님이 앞에서 언급하였듯이 '자유함'은 행동가형의 가장 중요한 욕구이지요. 행동가형의 자유함을 이해하지 못하면 그들의 느닷없이 쉽게 바뀌는 행동을 이해하기 힘듭니다.

또한 무언가를 주고 싶은 마음도 이들의 욕구입니다. 욕구가 생기면 그것을 해결하고 싶은 것이 우리 인간인지라, 이들은 주변 사람들이나 상사에게 무언가 놀랄만한 일을 해주고 싶어 하고 그런 것을 인정받을 때 가장 행복해 하죠. 하지만 주변 사람들은 때론 느닷없는 '선물'에 부담을 느끼기도 한다는 것을 알아 둘 필요가 있습니다.

기억할 것은, 욕구에는 좋은 것도 나쁜 것도 없다는 것입니다. 그냥 그들이 타고난 것이지요. 자유함은 잘못된 욕구가 아닙니다. 단지 그 자유롭게 반응하는 욕구가 좋게 사용되면 주변의 급박한 문제에 본인의 하던 일도 제쳐 놓고 신속하게 잘 해결해 주는 고마운 해결사가 되는 것이고 잘못 사용되면 일만 자꾸 벌리고 산만해서 제때에 마무리하지 못하는 저성과자가 되는 것이지요."

폴 코치는 다음 페이지로 화면을 넘겼다.

관리자형 (Guardian, 보호자) _____ 의무를 중시하는 전통주의자

관리자형은 문제가 보이면 일단 의무와 책임에 대해서 말한다. 이들은 정해진 규칙이나 법 안에서 다른 사람의 권리를 존중하며 일이나 사람을 잘 돌보고 섬긴다.

•• 관리자형의 욕구: 소속감, 안정감, 책임감(의무 수행의 욕구)

아까와는 달리 모두 조용했다. 폴 코치는 아무 말도 없는 심차근과 엄예리에게 물었다.

"맞는 것 같습니까?"

그러자 엄예리는 신나리를 바라보며 말했다.

"그런 것 같기도 하고… 신나리 실장님이 말씀해 주시면 좋겠어요. 가장 가까이 계신 분이니까요."

신나리는 주저 없이 반응했다.

"맞고말고요! 200퍼센트 공감합니다. 우리 예리 과장은 나와는 달리 정말 직원들을 잘 챙겨요. 저는 사람을 무척 좋아하지만 일할 때는 사람들의 감정을 잘 보지 못해요. 일이 우선이 되거든요. 반대로 우리 예리 과장은 언제나 사람들을 먼저 챙기고 마음을 써 주죠."

엄예리는 예상치 못한 칭찬에 당황했는지 고개를 푹 숙였다. 그러나 표정은 즐거워 보였다

"실장님의 거침없는 칭찬은 아직도 적응이 안 되지만 기분 좋아요. 그런데 심차근 부장님도 저랑 같은 유형이네요. 그래서 신나리 실장님을 그렇게 잘 돌봐 주시는군요! 책상도 몇 번이나 대신 치워 주시는 것을 제가 봤어요!"

그러자 신나리가 거들었다.

"그건 챙겨주는 게 아니라고. 본인 성격을 못 이겨서 그런 거 같은데? 도와주고 나서도 하고 싶었던 말을 꼭 한마디 해야 직성이 풀리잖아요?"

신나리가 놀리듯이, 그렇지만 정곡을 찔러 말하니 심차근은 난처하지만 유쾌한 듯 대구 없이 입 꼬리만 실룩거렸다. 그때 폴 코치가 입을 열었다.

"관리자형은 책임감의 욕구가 강합니다. 시키지 않아도 자기가 해야 할 일이 보이고 그것을 책임지고 묵묵히 수행하지요. 그러다 보니 자기가 해야 할 일을 하지 않거나 게으른 사람을 보면 이해를 못 하고 화를 내거나 비판을 합니다.

안정감은 이들의 가장 중요한 욕구입니다. 그래서 사람이나 일을 체계적으로 관리하거나 시스템을 안정시켜 문제를 차근차근 해결하기를

원합니다. 그러니 때로는 답답하거나 완고해 보일 수도 있겠지요? 안정
감이 중요하기 때문에 정리 안 된 상황을 아주 힘들어 하지요. 그래서 일
도 순서대로 처리하고 주변 환경이나 책상도 잘 정리하고 싶어 하지요.
그러니 하던 일도 마무리하지 않고 다시 새로운 문제에 뛰어드는 행동가
형을 보며 도무지 이해가 되지 않을 수 있습니다. 소속감도 중요하여 심
차근 부장님처럼 가족을 가장 중요하게 생각하고, 또한 엄예리 과장님처
럼 나에게 소속된 사람들을 잘 챙기고 섬기고 보살피기도 하지요."

폴 코치는 스마트포인터를 눌러 다음 화면을 띄웠다.

전략가형 (Rationalist, 이성론자) _____ 완벽을 추구하는 합리주의자 또는 관념주의자

전략가형은 대부분 자기의 흥미를 끄는 문제와 자기가 생각하는 새로운 해
결 방법에 대해서만 이야기한다. 실용적인 그들은 가장 효과적인 자기만의
방법으로 문제를 해결하고 싶어 하고 필요하다고 생각하면 규칙이나 전통을
무시하기도 한다.

•• **전략가형의 욕구**: 성취 욕구(더 잘하고 싶은 욕구), 지식 욕구(더 많이
알고 싶은 욕구), 힘과 영향력을 갖고 싶은 욕구

폴 코치는 성격 유형을 적어 놓은 종이를 집어 들더니 백전진을 바라
보며 말했다.

"여기서는 백전진 과장님이 전략가형이로군요. 혹시 백 과장님은 지금 레인보우가 혁신해야 할 세 가지를 꼽으라면 당장 대답할 수 있습니까?"

백전진은 사뭇 당황한 듯 "네, 있습니다" 하고 말했고, 폴 코치는 그럴 줄 알았다는 듯이 고개를 끄덕이며 엄지를 들어올렸다.

"그게 무엇인지는 말씀하지 않으셔도 됩니다. 그걸 묻고 싶었던 게 아니거든요. 전략가형의 사고의 흐름에 대해서 말씀드리려고 물어본 겁니다. 전략가형은 항상 지금보다 더 잘하고 싶어 합니다. 더 많은 것을 이루고 싶고, 알고 싶고, 다른 사람보다 더 잘하고 싶어 하죠. 그러다 보니 경쟁적으로 보이기도 하지요. 나중에는 목표가 점점 커져서 자신도 힘들고 주변 사람들도 힘들게 할 수 있지만, 결국은 이루어 내는 강한 의지의 사람이기도 합니다. 힘과 영향력을 갖고자 많은 노력을 해 왔기에 훌륭한 리더로 성장하는 분들도 많습니다.

일을 할 때는 미래의 큰 그림을 보고 문제 해결을 위해 자기만의 독특하고 창의적인 개선책을 밀어붙이지만, 주변에는 이런 것을 이해 못하고 쫓아오지 못하는 사람도 많다는 것을 잊지 마세요. 사람보다는 일을 보는 사람이고, 일의 성취가 중요하여 주변 상황 무시하고 강하게 밀어붙이는 사람이다 보니 관계가 원만하지 않을 수도 있습니다."

스크린에는 어느덧 마지막, 이상가형에 관한 내용이 비춰졌다.

이상가형 (Idealist, 이상주의자) _____ **자아를 찾고자 하는 이상주의자**

이상가형은 문제를 볼 때 자기가 바라고 상상하는 가능성에 대해서 말하고 싶어 한다. 이들은 양심적으로 행동하며 개인적인 윤리 기준을 타협하고 싶어 하지 않는다.

•• 이상가형의 욕구: 자아 실현의 욕구, 진실하고자 하는 욕구, 인정받으려는 욕구

"이상가형의 가장 큰 관심사는 사람입니다. 사람의 내면에 대해서도 잘 알고, 공감력도 가장 뛰어나지요. 이들의 가장 중요한 욕구는 '자아실현의 욕구'로 자신이 누구인지, 어떻게 해야 더 나은 사람이 될 것인지에 대해 항상 고민하며 스스로를 개발합니다. 다른 사람들도 자아를 발견하고 성장하도록 도와주고 싶어 하지요. 일보다 사람이 먼저 보이니 갈등 상황을 힘들어하며, 사람들이 힘들어할까봐 강하게 밀어붙이기도 조심스러워 하고, 해야 할 말도 다 하지 못합니다. 그러니 일 처리가 급한 상황에서는 좀 답답해 보일 수도 있지요. 속과 겉이 온전하게 진실하기를 원하지만 직장에서 쉬운 일은 아니겠지요? 일을 할 때도 자기만의 온전한 방법을 찾는 경향이 있고 이상적 모습을 함께 이루어 가기를 원합니다.

모든 사람이 다 그렇겠지만 이상가형은 특히 일의 의미가 중요하고 그곳에서 중요한 일을 하는 사람으로 인정받는 것이 중요합니다. 의미 있는 일에 주변 사람들과 함께 온전한 꿈을 이루고 싶어 엄청난 열정을

보이지만 이런 부분이 충족되지 않으면 힘들어하고 '떠나야 할까'를 고민하게 됩니다."

폴 코치가 설명을 마치자 모두 약속이라도 한 듯, 동시에 유평화를 바라보았다. 유평화는 자신보다 직급이 낮은 사람에게도 언제나 공손하게 존대했으며 말투도 부드러웠다. 아무리 바쁜 일이 있어도 직원들의 고충을 진심으로 귀 기울여 들어 주었고, 늦게까지 야근을 하느라 막차가 끊기면 직원들을 택시에 태워 보낸 다음 차 번호를 메모해 두곤 했다.

한번은 이런 일도 있었다. 자정이 넘어서야 회사에서 나온 유평화는 인턴사원이 추운 도롯가에서 택시를 잡지 못해 발을 동동 구르고 있는 것을 보았다. 야근으로 헝클어진 머리를 한 채 무거운 노트북 가방을 짊어진 인턴사원을 차에 타라고 손짓했다. 인턴사원은 손사래를 치며 사양했지만 유평화는 재차 권하여 차에 태웠다. 내비게이션에 주소를 입력한 유평화는 말했다.

"집까지 무사히 데려다 줄 테니 도착하는 동안 눈 좀 붙여요."

본부장님이 차로 집까지 데려다 주시는 것도 황송한데 잠을 자는 것은 말도 안 된다던 인턴사원은 5분도 지나지 않아 곯아 떨어졌다. 도착한 뒤에도 잠에서 깨어나지 못한 인턴사원을 유평화가 흔들어 깨워 겨우 집으로 보냈다. 이는 유평화를 가장 잘 설명해 주는 일화로, 레인보우에서는 유명한 사건이다.

네 가지 기질 진단이 끝나자 폴 코치는 창문을 활짝 열었다. 신선한 공기가 세미나실로 들어왔다.

"과거에는 리더가 '나를 따르라'는 식의 카리스마로 조직을 끌고 갔지만, 앞으로의 리더는 조직원 한 사람 한 사람의 기질과 그들이 처한 상황에 맞추어 '진정성 리더십'으로 이끌어 가야 합니다. 그래서 사람을 이해하지 못하면 리더십을 발휘할 수 없는 것입니다. 사람들을 이해하기 위해서는 그들을 Doing의 시각으로 보는 것이 아니라 Being의 시각, 즉 존재 그 자체로 보아야 합니다. 그래야 리더의 진정성이 전달되고 그들의 마음을 얻을 수 있습니다. 그리고 직원들의 마음을 얻어야 그들의 최고 역량을 이끌어 내 높은 성과를 만들어 낼 수 있고요.

오늘 네 가지 기질에 대한 이해를 통해서 우리가 서로 어떻게 다른지 발견하셨을 겁니다. 이 네 가지 기질은 사람들을 가장 쉽게 이해할 수 있는 좋은 툴입니다. 이 네 가지 기질을 기억하고 있으면 여러분이 사람들을 이해하는 데 정말 많은 도움을 줄 것입니다."

신나리는 문득 퇴사한 신입사원이 떠올랐다. 한번도 Being의 시각으로 바라본 적이 없는 것 같았다. 만약 조금만 더 일찍 이 코칭을 받았다면 신입사원이 퇴사하는 일을 막을 수 있었을까? 아쉬움이 몰려왔다.

ep9.

우리의 그라운드 룰을

정합시다

"마지막으로 함께 간단한 워크숍을 하지요."

폴 코치는 화이트보드를 지우개로 깨끗하게 닦아 내고는 '우리의 그라운드 룰'이라고 적었다.

"패션사업부에서 서로 소통할 때 '이것만큼은 서로 지키자!' 하는 그라운드 룰을 정해 보는 것입니다. 기본 약속이라고나 할까요? 스포츠 시합을 할 때 경기가 재미있는 것은 정해진 그라운드 룰이 있기 때문입니다. 그것이 없다면 각자 자기 원하는 대로 하면서 싸움만 나겠지요. 여러분이 '건강한 소통'을 시작하려면 제일 먼저 함께 그라운드 룰을 정하고 명시해야 합니다. 그러면서 간단히 서로 소통하는 법도 배우고 말이죠.

사실 우리 사이에는 이미 각자가 생각하는 암묵적인 그라운드 룰이 있습니다. 문제는 각자가 생각하는 그라운드 룰이 다르다는 것과 그걸 모두가 알도록 명시하지 않았다는 것이지요. 이를테면 어떤 상사는 '내가 빨리 해 오라고 말할 때는 늦어도 하루 안에는 갖고 와야 한다'라고 생각하지만, 부하직원은 '상사가 빨리 해 오라고 말했지만 지금 하고 있는 일도 시급하니 하던 일 먼저 해도 된다'라고 생각하지요. 그러면 갈등이 생길 수밖에 없어요. 물론 모두가 동의하는 것도 있지요. '회의 시간에 내가 하고 싶은 말을 하면 나만 손해다' 라든지 '회장님께서 야단 칠 때에는 쥐 죽은 듯이 조용히 있어야 한다'든가 하는 것 말이죠."

폴 코치의 익살스러운 농담에 모두 피식하고 웃었다. 하지만 웃음의 뒷맛은 씁쓰름했다. 사실 패션사업부에 있는 사람 어느 하나 처음에는 열정으로 가득하지 않은 사람은 없었다. 한 사람 한 사람 남다른 실력과 기본을 갖춘 사람들이었다. 그들은 문제를 이해하고 있었고 그것을 분석하고 해결할 능력도 있었다. 게다가 자신의 삶을 아낌없이 투자할 의욕도 있었다. 그럼에도 불구하고 언제부터인가 회의 시간에는 무거운 침묵이 흘렀다. 정작 자신이 하고 싶었던 이야기는 회의 시간 이후에 작은 소리로 중얼거리곤 했다. 상사는 부하직원에게, 부하직원들은 상사에게 좀처럼 '존중받는다'는 느낌을 받지 못했다.

관리자형인 심차근은 업무 지시를 내릴 때 처음부터 끝까지 해야 할 일을 '체계적'으로 알려 준다. 한번은 부하직원을 불러서 여느 때와 같이 업무 지시를 내리는데 알아들었다는 별다른 반응이 없어서 답답했다. 화가 나려는 것을 꾹 참고 보냈는데 납기일이 다가오도록 이렇다 할 보고나 소통이 없었다. 잘 되어 가고 있는지 물어보고 싶어도 참견을 하거나 감시를 하는 느낌을 줄까봐 눈치만 보고 있던 중 전혀 진도가 나가지 않고 있다는 것을 우연히 알게 되었다. 당장이라도 "일하기 싫으냐?"고 호통을 치고 싶었지만 직원으로부터 돌아온 대답이 가관이었다.

"부장님, 이 일을 왜 해야 하는지 이해가 되지 않습니다."

전략가형인 백전진은 '혁신적인 해결 방법'을 생각해 내는 데 귀재다. 그러다 보니 기존에 틀이 잡혀 있는 절차나 관행을 상대적으로 중요하지 않게 여기는 듯한 인상을 주기 일쑤다. 늘 현장의 소리에 관심이 많고 빠른 변화를 직관적으로 감지하다 보니 협력부서인 디자인실 엄예리에게 불쑥 '돌발적인' 요청을 하게 된다. 엄예리는 모두 함께 지키고 있는 안정적인 규칙과 절차를 무시하는 듯한 백전진에게 "이거 회장님 컨펌 받으신 거예요?"를 꼭 물어본다. 그러면 백전진은 "세부 항목까지 일일이 어떻게 컨펌을 받습니까? 프로젝트에 대한 전략은 실무자가 세우고 진행하는 거죠"하고 응수하기 일쑤다.

행동가형인 신나리는 머릿속에 '새로운 중요한 일'로 가득하다 보니 늘 바쁘다. 회사 내 업무로도 과중한데 외부 언론과 잡지에 칼럼을 기고하는 일도 빠트리지 않고 하고 있다. 물론 에디터에게 '이제는 진짜 주셔야 합니다'라는 독촉 메일을 받은 다음에야 글을 쓰기 시작하지만 말이다. 드라마틱한 원고 메일 전송 버튼을 누르고 나서 가슴을 쓸어내리면 어느덧 한밤중이다. 그때 문득 회사에서 바로 실행하면 좋을 것 같은 '기가 막힌' 아이디어가 생각난다. 부하직원들과의 메신저 단체방에 아이디어를 실행하기 위한 사전 조사 업무를 지시하고 나면 그때 신나리의 하루 일과는 끝이다. 그런데 속도 모르는 신입사원은 신나리가 밤낮없이 업무 이야기를 한다고 퇴사를 한단다. 누가 지금 확인하라고 했나? 내일 보면 되지. 알람을 꺼 두는 기능 정도는 분명히 알고 있을 텐데 말이다.

이상가형인 유평화의 가장 큰 관심사는 '사람이 가진 가치'에 대한 것이다. 사람의 성장에 관한 분야에 대해서는 다른 어느 기질보다도 열정이 남다르다. 자신이 누군지, 어떻게 해야 더 나은 자신이 될 것인지에 대한 지대한 관심 덕분에 평생 자신에 대해 더 알려고 하고 스스로를 개발시켜 나간다. 그런데 유평화의 이런 모습이 회사에서 보면 조금 이상해 보인다. 현업에 대한 관심은 뒷전이고 늘 꿈에 빠져 지내는 듯한 인상을 주기 때문이다. 그래서인지 유평화가 퇴사를 할 거라든지, 창업을 알아보고 있다든지 하는 소문이 지난 몇 년간 꾸준히 돌았다. 최근 들어 패션사업부는 일명 조직 대수술의 갈림길에 서 있다. 인간관계에서의 갈등을 피하고 조화를 꾀하는 유평화의 특성은 지금 패션사업부에게는 양날의 칼과도 같다.

각자 그라운드 룰에 대하여 생각하면서 자신의 과거 모습을 떠올리며 상념에 젖어들고 있을 때, 폴 코치는 손바닥만한 포스트잇을 꺼내 사람들에게 몇 장씩 떼어 나눠 주며 말했다.

"각자 원하는 것이 다를 때 의견을 모아 결론을 내기는 쉽지 않습니다. 내가 원하는 것을 이야기하기도 힘들고, 다른 사람과 타협하는 것도 쉽지 않은 일이지요. 그래서 오늘은 포스트잇을 사용하기로 하겠습니다. 각자 나눠드린 포스트잇에 자기가 원하는 그라운드 룰을 한 장에 한 가지씩 적어 보세요."

폴 코치가 포스트잇을 나눠 주자 백전진이 손을 번쩍 들고 말했다.

"한 사람당 몇 개씩 적을 수 있습니까?"

신나리는 백전진을 보며 빙그레 웃었다.

"백 과장님, 100장이라도 쓸 기세네요."

심차근은 웃으며 "그러고도 남을 사람이지" 하며 고개를 끄덕거렸다. 폴 코치는 포스트잇을 테이블 중앙에 두며 말했다.

"통상적으로는 작성 개수를 제한하여 드리지만 오늘은 좀 다르게 해 보겠습니다. 여분은 여기에 둘 테니 마음껏 작성해 보십시오. 시간은 10분으로 제한합니다."

세미나실에는 침묵이 흘렀다. 백전진은 스포츠라도 하듯 과감한 필체로 종이에 거칠게 휘갈겨 썼다. 그는 이미 여러 장 쓰고 있는 중이었다. 엄예리는 난감한 표정으로 다른 사람이 작성하는 것을 힐끔거리다가 이내 골똘이 생각하며 한 자 한 자 적어 내려갔다. 10분이 지나자 알림음이 울렸다.

"자, 이제 작성하신 것을 벽에 붙이겠습니다. 이제 이곳은 '그라운드 룰 갤러리'입니다. 서로가 작성한 '그라운드 룰'을 충분히 읽어 보시고 이 내용은 우리의 공통적인 약속으로 채택하면 좋겠다고 생각하는 내용에 별표를 그려 주십시오. 한 사람당 세 개씩 고를 수 있습니다."

벽에 붙은 그라운드 룰을 심각하게 읽어 보던 사람들은 별표를 하나씩 그려 나갔다. 선택이 끝나자 폴 코치는 가장 별표를 많이 받은 다섯 장을 테이블 위에 붙여 놓았다.

끝까지 들어 주자.
그가 맞을지도
모른다.

할 말은 하자.
내가 맞을지도
모른다.

무슨 말을 하기 전에
일단 칭찬으로
쿠션을 깔자.

긍정적으로 반응하자.
안 된다고 말하기
전에 '될 수도 있는
이유'를 먼저 생각해
보자.

남 탓은
도움이 안 된다.
내가 바꿀 수 없다.

"이 그라운드 룰은 이 순간부터 우리의 규칙입니다. 반드시 지켜야 하는 것이죠. 대화 중에 이것이 안 지켜지면 누구라도 파울을 외칠 수 있습니다. 심판이 되는 것이죠. 자, 이제 마무리를 해야 할 시간입니다. 각자 돌아가면서 느끼거나 배운 점을 나누겠습니다."

사람들은 돌아가며 각자의 짧은 소감을 말했다.

"비슷한 점도 많지만 정말 서로 다르다는 생각을 했습니다."

"다르다는 것은 틀린 것이 아니라는 사실을 알았습니다."

"사람들과 조금 더 친해진 것 같아요."

"서로에 대해 몰랐던 것을 알게 되었습니다."

"진정성은 상대방 중심적 사고에서 시작된다는 것이 와닿았습니다."

가만히 고개를 끄덕이며 듣고 있던 폴 코치는 다시 말했다.

"이번에는 실행 계획을 나눠 볼까요? 다음에 만날 때까지 무엇을 새롭게 해 보겠습니까?"

사람들은 저마다 '상대방 관점에서 대화하겠다', '끝까지 들어 보겠다', '가족과 직원들에게 기질 검사를 해 보겠다', '가치 목록 고르기를 직원 그리고 가족들과 해 보고 싶다'라고 말했다.

신나리가 갖고 싶었던 '사랑의 노트'는 이제 그 첫 페이지가 기록된 셈이었다. 누구든 사랑의 노트에 이름만 적으면 사랑할 수 있게 되는, 그런 소망이 하늘에 닿은 기분이었다.

욕구를 알아야

행복할 수 있습니다

토요일 오후, 신나리는 헐렁한 후드티의 모자를 푹 뒤집어 쓴 채 소파에 누웠다. 방안에는 평소에 좋아하던 피아노 연주곡이 흘렀다. 신나리는 눈을 감고 양 손가락으로 관자놀이를 지그시 눌렀다. 그녀는 쉼 없이 달리기만 하고, 뭔가를 만들어 내기만 하는 일상에 가끔 멈추는 시간이 필요하다고 느꼈다.

시간이 얼마나 흘렀을까? 시계를 보니 겨우 1분이 지났을 뿐이었다. 가만히 있자니 1분이 너무 길게 느껴진다. 신나리는 휴대폰 알람에 10분을 설정해 놓았다. 바로 일어나 뭔가를 하고 싶었지만 꾹 참았다. 번뜩이는 생각이 머리에 차올랐지만 의도적으로 길게 심호흡을 하며 생각을 정리했다. 마침내 10분을 알리는 소리가 들렸다. 그녀는 벌떡 일어나 식탁에 앉아 노트북으로 글을 쓰기 시작했다.

이번 칼럼은 지역 신문사에 기고할 '욕구'에 대한 글이다. 당연한 이야기지만 오늘은 원고 마감일이다. 물론 일정을 몰랐던 것은 아니다. 심지어 원고를 다 쓰고 나면 다음 달에는 무슨 내용을 써야 할까 생각을 시작한다. 하지만 마감일이 임박해서야 속속들이 글이 써지는 이유는 뭘까? 몇 달 전에는 마감일에 늦지 않으려고 미리 시작해 보았으나 결국 마음에 들지 않아 쓰다 말았다. 그러다가 불과 하루 남겨 놓고 잊을 뻔했던 원고 납기일을 알게 되어 그때부터 밤을 새워 쓰는데 어찌나 술술 풀리던지, 쓰면서도 '혹시 나한테 천부적인 글쓰기 재능이 있는 건가' 하는 착각까지 들 정도였다.

사람은 일하는 존재다. '먹고 살기 위해서 어쩔 수 없이 한다'고 하는 사람들도 있지만 인간에게는 성취의 욕구가 있고 '일'만큼 그 욕구를 가득 채우는 행위도 드물다. 바꾸어 말하면, 우리는 행복하기 위해서 일하는 것이다. 행복하기 위해서 회사에 들어왔는데 막상 같이 일하는 직장 상사 때문에 회사를 떠나는 경우가 많다. 필자는 부끄럽지만 바로 그 '상사'가 되어 보았다. 그래서 '회사 보고 입사해서 상사 보고 퇴사한다'는 말이 있는가 보다. 그런 의미에서 이 글은 일종의 반성문이라고 할 수 있겠다.

심리학자인 아들러는 우리가 매일 무의식적으로 하는 행동에 다 이유가 있다고 했다. 즉 모든 행동에는 목적이 있다고 생각하는 '목적론'을 이야기했다. 사람의 행동을 잘 살펴보면 거기에는 반드시 눈에 보이지 않는 마음이 개입되어 있는데 행동의 원인을 제공하는 마음, 이것이 '동기' 또는 '욕구'다. 행동 뒤에는 욕구가 도사리고 있는 것이다.

예를 들어, 좋은 차를 사고 싶은 경우에도 내면의 욕구는 저마다 다를 수 있다. 어떤 사람은 자기 성공을 자랑하고 싶은 마음에 좋은 차를 타고 싶어 하고, 어떤 사람은 튼튼한 차를 타고 다니며 안전을 보장받고 싶어 한다. 또 어떤 사람은 가족과 함께 여행을 가는 시간에 좀 더 의미를 담고 싶어 할 수도 있고, 차를 파는 친한 친구를 돕기 위해 차를 사기도 한다.

이렇듯 '차를 사는 행동' 뒤에는 다양한 '욕구'가 있다. 이것은 직장에서도 마찬가지다. 모두가 '일을 한다'는 행동은 같지만 저마다 그 행동을 통해서 채우고자 하는 '욕구'는 천차만별이다.

사직서를 들고 찾아와 만류에도 불구하고 분연히 떨치고 갔던 비운의(?) 신입사원은 나에게 '아무런 성취감도 느낄 수 없다', '실장님이 나를 못마땅하게 여기는 것 같다'는 알쏭달쏭한 말을 남겼다. 나는 어떻게 하면 그녀가 성취감을 갖도록 도울 수 있었을까? 그녀가 진정으로 원했던 것은 무엇이었을까? 신입사원의 마음에는 분명 다양한 욕구가 불분명하게 서로 뒤엉켜 있었을 것이다. 하지만 나는 그녀가 진정 무엇을 원하는지 그 사람 자체에 관심을 두지 않았다. 그녀의 Being을 바라보지 못하고 Doing에만 관심을 가졌던 것이다.

그래서 우리는 사람들이 진정으로 원하는 것이 무엇인지 명확하게 알아 갈 필요가 있다. 원하는 것(Want) 뿐만 아니라 그 내면의 욕구 (Need)까지도 찾아내야 하는 것이다. 왜냐하면 아무리 원하는 것을 얻어도 그 내면의 욕구가 해결되지 않으면 행복하지 않기 때문이다. 원하는 좋은 차를 사도 내면의 욕구가 해결 안 되면 또 다른 것을 사고 싶어 하고, 원하는 대기업에 들어와도 내면의 욕구가 해결되지 않으면 떠나는 것이다.

사람은 욕구가 채워지지 않으면 스트레스를 받고 힘들어하며 결국은 불행하다고 느끼게 된다. 얼마나 힘들었으면 쟁쟁한 경쟁률을 뚫고 입사한 대기업에서 자기 발로 걸어 나가겠는가? 그러므로 사람들의 여러 가지 행동은 그 사람의 욕구를 충족시키려는 내면의 몸부림으로 볼 수 있다.

먼저 나의 욕구를 아는 것이 중요하다. 자기를 미워하는 사람은 다른 사람을 좋아하기도 힘들기 때문이다. 나 자신을 수용하지 않으면 우울해지고 자신의 삶을 존중할 수 없게 된다. 자신을 알아가다 보면 원래 그렇게 타고난 것이기 때문에 받아들여야 할 창조의 일부로 욕구를 이해할 수 있게 된다.

자기가 무엇을 진정으로 원하는지, 내면의 욕구를 분명하게 알기 위해서는 자신에 대한 깊은 성찰의 시간이 필요하다. 어떤 욕구가 나의 행동과 삶을 지배하고 있는지를 찾는 것이다. 여러 가지가 있겠지만 그 중에서 정말 내게 없으면 안 되는 것이 무엇인지 하나씩 비교해 보면 된다. '나는 왜 이런 행동을 해야만 했을까?' 하고 묻는 것부터 시작해 보자.

입사 동기이자 직장 동료인 모 부장은 항상 내게 "왜 이렇게 책상을 어지르느냐?"는 타박을 한다. 그래서 나는 나에게 물었다. '나는 왜 자꾸 어지르지?' 곰곰이 생각해 보니 내가 자꾸 주변을 어지르는 것은 더 많은 정보를 사용하고 싶기 때문이다. 언제 쓸지 알 수 없지만 필요한 때를 위해 자료를 모으고 또 모든 자료가 눈앞에 있지 않으면 잊어버리니 책상에 다 쌓아 놓는 것이다.

그럼 자신에게 또 물어본다. '나는 왜 정보를 많이 사용하고 싶지?' 더 많은 정보를 가지면 내가 필요할 때도 쉽게 사용하고 또 남에게 더 많은 정보를 줄 수 있기 때문이다.

그럼 누가 그 정보를 달라고 했을까? 아니다. 아무도 달라고 하지 않았다. 하지만 내가 주고 싶은 것이다. 나는 궁금한 게 많은데 그걸 대답해 주는 사람이 없어서 안타까운 적이 많았기 때문에 '역지사지'의 심정이라고나 할까?

그럼 왜 나는 다른 사람보다 궁금한 게 많지? 남들은 나에게 호기심 천국이라고 한다. 대부분의 사람들이 그냥 넘어가는 일도 나는 다 알아보려고 한다. 나는 궁금한 것이 생기면 그것을 알고 싶은 충동을 참기 어렵다. 거기다 행동까지 빠르니 열심히 찾아서 알아내고야 만다.

결국 나의 어질러진 책상은 '궁금한 것을 알고 싶은 충동에 자유롭게 반응하고 싶은 마음'과 '남에게 좋은 것을 주고 싶은 마음'에서부터 시작된 것이다. 물론 모든 자료가 잘 정리되면 더 좋겠지만 나는 그런 능력을 타고나지도 않았고, 어질러진 책상이 불편하지도 않다.

내 행동의 원인인 욕구를 찾기 위해서는 이러한 과정을 통해서 행동을 이해하고 그 뒤에 숨겨진 욕구를 확인하면 된다. 하지만 나의 성격과 기질을 이해하면 훨씬 더 쉽게 찾을 수 있다.

필자는 얼마 전 회사에서 기질에 대한 코칭을 받았다. 기질 분류에 따르면 나는 원래 경험주의자인 '행동가형'이라고 한다. 행동가형은 일단 뛰어들어 해 보고 경험하며 터득해 나간다고 한다. 그리고 그들의 기본 욕구는 충동에 자유롭게 반응하고 남에게 좋은 것을 주고 싶은 마음이라고 한다.

그래서인지 행동은 나에게 있어 살아 있다는 증거이다. 삶을 온몸으로 느낄 때에야 비로소 완전히 이해되고, 일단 이해가 되면 누구보다도 쉽게 전달할 수 있다. 그러면 내 도움을 받는 사람들도 생기니 보람을 느낀다. 나는 이러한 기질을 통해서 살아가고 직장에 기여하는 것이다. 다른 기질도 마찬가지로 자신이 잘하는 것을 통해 주변에 기여하는 것이다.

다른 사람의 욕구를 파악하는 것 역시 쉽지는 않다. 그래서 그 사람의 타고난 기질을 아는 것이 중요하다. 그래도 잘 모를 때는 물어보면 된다.

"당신, 원하는 게 뭐지?"

욕구가 충족되는 것만으로도 우리는 행복한 삶을 살아갈 수 있다. 그렇다면 우리는 욕구 충족이 비뚤어지거나 병들지 않도록 건강하게 조련하여 선한 도구가 되도록 단련할 필요가 있다. 같은 욕구라도 건강하게 발현되면 다른 사람을 돕는 데에 쓰이고, 병들면 공동체와 당사자를 파괴하는 결과를 낳게 된다.

요즘 아이들은 예전보다도 게임 중독을 비롯한 여러 가지 중독에 훨씬 더 사로잡혀 있다고 한다. 그 이유를 알아보니 학교나 가정에서 칭찬을 받고 무엇인가를 이루었다는 느낌을 받는 것은 너무나 힘든 과정인 반면, 게임을 통하여 순간순간 얻게 되는 포인트와 같은 잦은 보상은 아이들의 '인정받고 싶은 욕구'를 충족시켜 주어 늪에 빠진 것처럼 헤어 나올 수가 없다고 한다.

우리가 욕구와 행동의 상관관계를 잘 이해하고, 욕구를 건강하게 채워 나가야 할 단적인 사례다. 결국은 욕구가 나를 지배하는 것이 아니라 나 스스로 욕구를 지배하는 삶을 살아야 한다. 건강하고 행복한 일터를 만들기 위해서 말이다.

신나리는 글을 저장한 뒤 담당 에디터에게 '늘 고마워요. 늦게 줘서 미안해요'라는 짤막한 글을 남긴 뒤 파일을 첨부해 메일을 전송했다. 신나리는 야채 주스를 한잔 마신 뒤 저녁 조깅을 위해 밖으로 나갔다. 노을이 붉게 물들어 있었다.

그는 나와 같은 것을 바라지 않는다

우리는 직장 안에서 다양한 사람들과 함께 살아간다. 다양하다는 것은 외모나 살아 온 배경뿐 아니라 타고난 성격적 기질이나 그에 따른 기본 욕구도 다르다는 것이다.

우리 내면의 기본 욕구는 물과 공기와 같아서 그것이 충족되지 않으면 살 수 없다. 본인이 인식하든 못 하든 우리 행동의 대부분은 내면의 욕구를 충족시키기 위한 처절한 몸부림이라고 할 수 있다. 그러나 문제는 내 욕구를 충족하려는 행동이 상대방의 욕구 충족을 방해할 수 있다는 것이고, 그 지점에서 갈등이 빚어진다.

이를테면 '안정감'이 가장 중요한 욕구인 관리자형은 일을 새롭게 시작하기보다는 기존의 일을 정리하고 관리하고 싶어 한다. 그렇지 않으면 그의 욕구가 충족되지 않기 때문이다. 그런데 만약 '자유함'이나 '변화'를 원하는 행동가형 부하직원이 더 좋은 아이디어를 제시하며 일의 방향을 바꾸자는 제안을 했다고 가정해 보자. 부하직원은 성과를 올리고자 한 일로 칭찬을 기대했겠지만, 관리자형 상사는 뚱딴지같은 생각 그만 하고 시킨 일이나 열심히 하라고 타박할 것이다. 반대로 행동가형 부하직원은 변화하고자 하는 욕구 충족이 가로막혀 숨 막히는 기분이 될 것이다.

만약 상사가 '더 높은 성취'를 원하는 전략가형이라면 어떨까? 그는 '더 높은 성과'를 위해 직원들을 계속 자극할 것이다. 그들의 욕구도 자신과 같을 거라고 생각할 것이기 때문이다. 하지만 만약 부하직원 중에 '인정' 욕구가 강한 이상가형이 있다면 그는 잘한 것에 칭찬은커녕 계속 밀어붙이는 상사가 버겁기만 할 것이다. 반대로 이상가형 상사는 직원들에게 즐거운 분위기를 만들어 주고자 하루가 멀다 하고 회식을 소집하지만 전략가형 직원들은 곤욕을 치르는 기분일 것이다. 의도는 좋았으나 물거품이 되고 역효과만 남는다.

욕구에 대한 가장 큰 착각이 있다. 다른 사람도 다 나와 같은 욕구를 가진 줄로 오해하는 것이다. 그래서 타인의 반응이 나와 다르거나 기대했던 것과 다르면 이해하지 못하고 화를 내기도 하고 상처를 받기도 한다. 욕구 충돌이 잦아지면 아무리 좋은 관계였더라도 시간이 갈수록 갈등이 깊어질 수밖에 없다. 특히 직장 내 구성원들 간의 갈등이 심해지면 성과가 나빠지고 조직이 깨진다.

조직의 목표는 높은 성과를 내는 것이지만 결국 그 일을 하는 것은 사람이기 때문에 직원들 간의 기질과 내면의 욕구를 이해하는 것이 중요하다. 갈등이 많은 조직은 소통을 하는 데 있어 서로를 신뢰하지 못하고, 협력하여 높은 성과를 내려고 하기보다는 서로를 비난하기에 급급할 수 있다. 따라서 갈등을 줄이는 것은 조직의 성과를 높이는 데 매우 중요한 일이다.

나의 타고난 기질과 내면의 욕구를 이해한다는 것은 '진정성 리더십'을 위한 '자아 인식'의 과정으로, 내가 왜 이런 말과 행동을 하는지 아는 것이다. 내 내면의 욕구를 알게 되면 나를 좀 더 이해하게 되어 자존감도 높아지고 필요할 때 나의 욕구를 절제할 수도 있다. 동시에 다른 사람의 타고난 기질과 내면의 욕구를 이해하면 사람에 대한 이해의 폭이 넓어져 그들을 품을 수 있다. 그뿐만 아니라 상사로서 부하직원들의 욕구를 충족시켜 줌으로 동기부여를 하거나 리더십을 발휘할 수 있게 해 준다.

내면의 욕구는 매우 다양하며 많은 곳에서 다루고 있다. 불교의 '오욕'(五慾)이나 메슬로우의 '5단계 욕구'(생리 욕구, 안전 욕구, 애정·소속 욕구, 존경 욕구, 자아실현 욕구)가 대표적이다. 이런 욕구는 우리 모두에게 나타나는 보편적인 것이지만, 성격이나 기질에서 나타나는 욕구는 사람마다 다르게 나타나기 때문에 인간관계 갈등의 원인이 된다.

상황을 인정하고 감정은 공감하라

회사 일을 하다 보면 예기치 못하는 상황에서 감정이 상하는 경우가 많다. 상한 감정은 쌓아 두면 반드시 폭발하기 때문에 이럴 때 잘 대처하는 대화의 기술이 필요하다.

상대방의 감정이 상했다면 공감해 주는 것이 최선의 방법이다. 화가 났다가도 상대방이 공감해 주면 마음이 풀리는 게 인간의 마음이다. 이게 화 낼 일이냐고 따져 봐야 서로 간의 감정만 상하게 된다. 감정에는 윤리가 없기 때문이다.

공감을 잘하기 위해서는 일(Doing)과 사람(Being)을 나누듯이 감정이 상하게 된 상황과 감정을 분리해서 바라보아야 한다. 이때 상대방의 기본 욕구를 알면 왜 감정이 상했는지 좀 더 쉽게 이해할 수 있다.

예를 들어 보자. B본부장은 급하게 결정해야 할 사안이 있어 팀장 회의를 소집했다. 마침 A팀장이 잠시 외근 중이었지만 별로 중요한 일이 아니라고 판단했고, 남은 사람들끼리 회의를 마친 후에 A팀장에게 회의록을 전해줄 것을 지시했다. 그런데 외근에서 돌아온 A팀장이 그 내용을 알고 와서 따진다.

"어떻게 나 빼고 그런 결정을 할 수 있습니까?"

상대방이 표출하는 상한 감정만 바라보면 내 감정도 상할 수 있다. 만약 당신이 B본부장이라면 A팀장에게 어떻게 답할 것인가?

"뭐 별 것도 아닌 일에 화를 내나?"

"회사 일이 다 그렇지. 바쁘다 보면 그럴 수도 있잖아."

"A팀장이 자리에 없으니까 그랬지. 누가 중요한 일 결정할 때 나가래?"

"바빠서 깜빡했다. 미안."

이런 대답이 생각난다면 잠시 멈추고 상대방의 '감정'과 그것의 원인인 '상황'을 생각해 보아야 한다. A팀장이 화가 난 상황은 '자기가 없는데 결정을 했다'는 것이다. 이것은 사실이다. 그리고 이 경우 그가 느끼는 감정은 '서운하다', '섭섭하다', '화가 난다' 등일 것이다.

화가 난 근본 이유도 기질에 따라 다양하다. A팀장이 행동가형이면 화가 금방 풀릴 수도 있다. 그러나 관리자형이면 소속감은 물론, 자기 생각과 다르게 결정된 안건에 대해 안정감에 상처를 받았을 것이다.

전략가형이면 영향력이 무시되고 주도권이 상실된 것 같은 상황에 힘이 빠졌을 것이다. 이상가형이라면 중요한 사람으로 인정 못 받는 느낌에 상처를 받았을 것이다.

상황은 변하지 않겠지만 감정은 변하는 것이니 얼마든지 달라질 수 있다. 먼저 상황을 인정하고 상한 감정을 공감해 주어야 한다.

"A팀장에게 중요한 사항인데 물어보지도 않고 결정하게 되어 서운하고 화가 났단 말이지?"

그럴 수밖에 없는 상황을 좀 더 자세히 설명하는 것도 좋다.

"나는 A팀장도 동의할 거라고 생각했는데 생각이 좀 짧았네. 미안해."

그러고는 해결 방법을 제시하기 전에 상대방에게 물어보는 것이 좋다.

"그러면 이제 어떻게 하면 좋을까?"

상한 감정이 공감에 의해 누그러지면 대부분 긍정적인 답을 할 것이다. 거기에 각 기질의 욕구에 따라 한마디 더해 주면 더욱 감정이 누그러질 것이다.

행동가형: "항상 잘 적응해 왔으니까 이번에도 잘해 주길 기대해."

관리자형: "상황이 그렇게 되었지만 A팀장이 우리 본부의 기둥이라는 것은 변함이 없어."

전략가형: "A팀장을 무시하는 건 아니니 계속 우리 본부에 주도적 역할을 기대해."

이상가형: "A팀장이 우리 본부에 없어서는 안 될 중요한 사람이라는 것을 잊지 않았으면 좋겠어."

앞의 스토리에서 몇 가지 예를 찾아보자. 신입사원이 엄예리에게 그만두겠다고 하며 신나리에게 이야기하기 힘들다고 했을 때, 엄예리에게는 자기 생각을 이야기하기 전에 먼저 공감을 해 주는 과정이 필요했다.

"실장님이 네 이야기 안 들어 줄 거란 생각이 들어 더 이상 이야기하고 싶지 않다는 거구나?"

엄예리가 백전진에게 회장님 컨펌 없이 작업지시서 진행 못 하겠다고 할 때도 백전진이 이렇게 말했다면 더 효과적이었을 것이다.

"지난번 일로 회장님께 혼나서 많이 힘드셨는데 이번 일로 또 혼날 것 같아 걱정된다는 말씀이시지요? 그래도 일의 속도가 중요한데 어떻게 하면 좋을까요?"

상대방의 상한 감정을 감정적으로 대하면 갈등이 심해질 수밖에 없다. 상대방의 상한 감정은 공감으로 누그러뜨려야 대화가 진행된다.

중요한 것은 남의 잘못이 아니라 내 욕구다

상대방이 내가 원하는 것을 모를 때는 가르쳐 주는 것이 이상적이다. 이때 일방적인 비난은 상대방의 기분만 나쁘게 하고 변화를 일으킬 수 없다. "도대체 당신은 왜 이러는 거야?"라고 표현하기 보다는 "당신의 행동이 나의 이런 부분을 힘들게 해요"라고 말해 주어야 한다. 그가 잘못한 것을 조목조목 따지며 비난하는 것이 아니다. 중요한 것은 나다. 그의 행동이 나의 욕구 충족을 방해하여 나에게 어떤 결과를 가지고 오는지 알려주면 된다.

내가 책상과 책장에 물건들 좀 정리하라고 그렇게 이야기하는데
왜 안 치우는 거야?
→ 당신이 방에 물건들을 정리하지 않으면 나의 기본 욕구인 안정감이
깨져서 도저히 견딜 수가 없어. 날 좀 도와줄래?

벌써 한 시간째 기다리고 있는데 아직도 보고서 준비가 안 되었어?
어떻게 항상 늦게 가져오니?
→ 나는 관리지형이라 마감 시간에 늦으면 심하게 스트레스를 받으
니 좀 서둘러 주면 좋겠어.

왜 만날 저만 혼내는 거예요? 자기도 잘못한 적이 있으면서!
→ 내가 당신보다 실수가 많은 것은 인정해요. 그러나 저는 이상
가형이기 때문에 당신이 계속 지적하면 '인정 욕구'가 깨져서 정말
힘들어요. 부드러운 말로 요청해 줄래요?

상대방과 대화할 때 주어에 '나'를 넣어 보자. 이 방식을 '나 전달법', 즉 'I-message'라고 하는데, 이는 대화에서 내 감정이나 생각이 주체가 되므로 상대가 내 상태를 이해하도록 돕는다. 즉 평소 우리가 흔히 사용하는 대화처럼 상대방을 주어로 사용하여 말을 하면 상대방은 지

적을 당하는 느낌이 들어 스스로를 방어하거나 화를 내게 되지만, 내가 대화의 주어가 되는 순간 상대는 나의 상태를 이해하려고 노력하게 된다.

3부

인정해

누구에게나 강점은 있다

ep11.

행동가형은

위기의 해결사

금요일 아침, 폴 코치와의 두 번째 미팅이 있는 날이다. 일주일 전에 기질의 차이를 나눈 이후로 불통의 먹구름을 한 겹 걷어 낸 분위기다. 게다가 사람들은 그라운드 룰을 지켜야 하는 다소 버거운 과제도 나름 지키려고 노력했다.

폴 코치는 잔에 담긴 커피 향을 음미하며 대화의 문을 열었다.

"커피 향은 언제나 저를 기분 좋게 하죠. 오늘은 기분을 좋게 하는 대화로 시작하면 어떨까요? 지난 번 만남 이후 기억에 남는 기분 좋았던 일이나 변화가 있었다면 한 가지씩 이야기해 보죠. 누가 먼저 이야기해 볼까요?"

폴 코치가 팀원들에게 발언권을 넘기자 으레 그렇듯 신나리가 먼저 재기 발랄하게 눈을 빛내며 말했다.

"일주일이 순식간에 지나갔어요. 그래도 그 와중에 함께 일하는 사람을 일 중심으로만 보지 않고 Being의 시각으로 보려고 노력했어요. 쉽진 않았지만, 그 사람들을 이해하게 되는 것 같아 기분이 좋았고요."

신나리의 옆자리에 있던 엄예리가 바통을 이어받았다.

"저는 집에서 가족들과 기질 테스트를 했어요. 서로의 욕구를 알게 되면서 각자가 왜 그런 행동을 했는지에 대해 이야기 나누었는데, 완전 축제 분위기였어요."

엄예리는 이렇게 말하는 동안에도 그날이 생각났는지 어린아이처럼 웃으면서 즐거워했다. 반면 손으로 턱을 괴고 있던 심차근은 다소 진중해 보였다.

"저는 사람들을 볼 때 '이 사람은 기질이 뭐지?' 하고 속으로 묻게 되더군요. 바람직한 건가요?"

폴 코치는 그의 질문에 고개를 주억거렸다.

"사람을 기질에만 대입하며 이해하고 너무 단정 지어 선입관을 갖는 것은 바람직하지 않겠지요. 그저 누군가를 이해하는 도구로 적절하게 활용하면 좋겠습니다. 또한 갈등의 원인을 알게 되면 관계 회복에 도움이 되겠지요."

그러고는 살며시 손바닥을 맞부딪히며 본격적인 오늘의 주제로 넘어갔다.

"여러분의 말 속에 긍정적인 에너지가 느껴지는군요. 자, 그럼 오늘은 좀 더 행복한 주제로 넘어갈까요? 오늘은 각자의 기질에 대해 좀 더 깊이 있게 알아보고 각 기질이 가진 강점에 대해서도 나누어 봅시다."

폴 코치는 팀원들 한 사람 한 사람의 얼굴을 바라보면서 살짝 미소를 지었다. 그러고는 질문했다.

"여러분은 자신의 강점을 얼마나 잘 알고 있나요? 그리고 직장에서 일하면서 그 강점들을 얼마나 발휘하고 있다고 생각하세요?"

세미나실에는 순간 정적이 흘렀다. 폴 코치의 질문은 그리 어렵지 않았지만 사람들은 어딘지 어리둥절해 보였다. 아마도 지금껏 한 번도 생각해본 적이 없는 질문이었던 것 같았다.

"설마 자신이 무얼 잘하는지 모르시는 것은 아니죠? 저는 여러분을 한 번 만났는데도 꽤 많은 장점이 보이던데요?"

유평화는 살짝 미소를 보이기는 했지만, 다른 팀원들은 여전히 어색한 표정이었다.

"그럼 이렇게 물어볼까요? 자신의 강점으로 일할 때는 어떤 기분이고, 자기가 잘 못하는 약점으로 일할 때는 어떤 기분일까요?"

"그야 물론⋯."

그제야 백전진이 입을 열었다.

"잘하는 일을 할 때는 성과도 좋고 속도도 빠르겠죠."

그러자 엄예리가 덧붙였다.

"기분도 좋고 말이죠."

그 즈음 생각에 잠긴 유평화가 혼잣말처럼 "약점이라⋯" 하고 중얼거렸고, 신나리가 "약점으로 일한다면 막막하고 두렵지 않을까요?" 하고 거들었다. "매 순간이 스트레스일 것 같군요" 하고 심차근이 부연했다. 그러면서 상상도 하기 싫다는 듯이 고개를 절레절레 흔들었다.

분위기가 조금 풀어지는 듯하자 폴 코치는 두 번째 질문을 던졌다.

"그렇군요. 그렇다면 이렇게 질문하면 어떻습니까? 여러분은 부하직원의 강점에 대해서 얼마나 잘 알고 있습니까? 그 강점을 잘 활용하고 있나요?"

이번에도 역시 사람들은 궁색한 대답을 몇 개 얼버무릴 뿐이었다. 폴 코치의 표정은 예상했던 일이라는 듯 큰 변화 없이 미소를 머금고 있었다.

"지금 제 질문을 받고 조금 어리둥절했지요? 이해합니다. 제가 직장인들에게 같은 질문을 던지면 한 번에 '그렇다!'고 답하는 분은 흔치 않습니다. 오히려 '내 강점을 발휘하며 일해 본 적이 없다'고 답하죠. 왜 그럴까요? 예를 들어 보겠습니다. 프로 야구팀이 있습니다. 이 팀에서 아주 좋은 투수를 스카우트 하려고 합니다. 계약을 성사하기 위해 거액을 투자했습니다. 이제 이 야구팀은 새로운 선수에게 무엇을 원할까요? 높은 타율일까요? 아니겠죠. 좋은 공을 던져 주기를 바랄 것입니다. 그의 강점을 더 발휘할 수 있도록 요구하고 서포트할 것입니다. 그런데 우리가 흔히 경험하는 회사는 어떻습니까? 까다로운 절차를 통해서 직원이 갖고 있는 '강점'을 보고 채용합니다. 여기까지는 프로 야구팀이 좋은 투수를 스카우트하는 과정과 똑같군요. 그런데 막상 신입사원이 들어오면 우리는 그에게 무엇을 원합니까? 만능을 원합니다. 강점을 활용하기보다는 약점을 보완하라고 요구하는 것이죠. 우리는 왜 이런 함정에 빠지는 걸까요?"

유평화는 "과연 그러네요" 하고 탄식조로 말했다. 그때 백전진이 손으로 수평선을 그으며 말했다.

"한 가지를 잘하는 전문가보다는 전체적으로 평균 이상이 되어야 한다고 생각하기 때문에 그런 게 아닐까요?"

신나리도 거들었다.

"상대방의 약점 때문에 일이 안된다고 생각해서?"

폴 코치가 계속해서 말을 이었다.

"이것이 과거의 리더십입니다. 강점은 잘하는 것이니 그냥 놔두고 약점을 개발하도록 하는 것이죠. 그러나 앞으로의 리더십은 강점은 더욱 강화하여 높은 성과를 내도록 돕고, 약점은 보완할 수 있는 다른 대안을 찾아 주어 잘 관리하는 것이어야 합니다. 물론, 약점이 너무 심하게 나타나 조직에 문제가 심각할 경우에는 보완해 가야 하겠지만요."

어느새 분위기는 무르익어 모두 어색한 표정은 사라지고 폴 코치의 한 마디 한 마디에 집중하고 있었다.

"그러기 위해서는 서로의 강점과 약점을 잘 알아야 합니다. 이 역시 기질적 강점과 약점을 알면 많은 도움이 됩니다. 모든 사람이 서로 다른 강점과 약점을 가지고 태어났다는 것은 서로 도움을 주고받을 수밖에 없는 관계라는 것입니다. 하지만 상대방의 약점이 너무 크게 보이면 그 사람의 강점을 활용하지 못하게 됩니다. 따라서 모든 조직은 직원들이 강점에 집중하여 더 잘할 수 있도록 해주고, 약점은 다른 사람들의 강점으로 보완할 수 있도록 관리해야 합니다. 그래야 일도 쉽고 즐거우며 더욱 몰입하게 되고, 팀에 시너지가 일어나 높은 성과를 얻을 수 있지요. 이제 각 기질의 강점과 약점에 초점을 맞추어 자세히 알아보겠습니다."

폴 코치는 화이트보드에 '행동가형'이라고 제목을 쓴 뒤 세로로 선을 그어 한 쪽에는 '좋아요', 다른 한 쪽에는 '싫어요'라고 썼다.

"먼저 행동가형부터 이야기해 봅시다. 한 사람씩 돌아가면서 행동가형이 좋아하는 것과 싫어하는 것을 이야기해 주시죠."

눈을 이리저리 굴리며 생각하던 신나리가 먼저 손을 들었다.

"행동에 빨리 옮기는 것을 좋아해요. 문제만 보면 해결하기 위해 뛰어들어요. 그리고 자유롭게 일하고 싶어요!"

그러자 엄예리가 덧붙였다.

"협상도 잘해요. 탁월한 기교도 있고 수완도 좋으세요. 지루한 것은 싫어하지만 재미있으면 완전 빠져드는 것 같아요!"

폴 코치는 화이트보드에 그들의 말을 받아 적었다.

"금방 나오는 군요. 그러면 이번에는 싫어하는 것을 한번 말씀해 주실 분 있나요?"

심차근은 턱을 괴고 있던 손을 무릎 위로 올려놓으며 말했다.

"신나리 실장님은 싫어하는 게 정말 많지요. 차분하게 앉아서 분석하거나 서류 작성하는 것, 전통이나 정책, 규칙 지키는 것도 싫어하고, 자유롭지 못한 거나 미리 계획하는 것을 아주 싫어해요."

유평화는 신나리를 쳐다보며 말했다.

"일을 내일로 미루는 것도 싫어하는 것 같은데. 야근을 정말 자주하는 것을 보면 말이야."

신나리는 고개를 끄덕이며 말했다.

"실행 없이 말만 하는 것도 싫어하고, 정장보다는 일하기 편한 옷이 좋아요."

행동가형: 해결사(Trouble shooting)

좋아요	싫어요
행동	읽고 분석하기, 이론화
문제 해결	보고서 및 서류 작성
자유로움	전통, 정책, 과정
협상	자유롭지 못한 것
탁월한 기술과 기교	미리 계획하는 것
재미, 게임	일을 미루는 것
작업복	말만 하는 것
	정장

폴 코치가 말했다.

"뛰어난 현실 감각을 가진 현실주의자 행동가형은 위기의 해결사입니다. 긴급한 불을 끄는 소방사와 같은 존재이지요. 실행력이 좋고 모든 자원을 활용하여 일하는 것을 좋아하며 탁월한 협상 능력을 갖고 있습니다. 융통성이 좋고 개방적이며 실용적이고 사실과 형태를 중시합니다. 이들은 낙천가입니다. 늘 '좋은 것이 좋다'라는 생각을 지니고 있죠. 그러다 보니 허심탄회하게 소통하고 흥미 없는 일에는 과제, 사람, 수행 모두를 회피하려는 경향이 있어요."

신나리는 고개를 끄덕이며 공감했다.

"맞아요. 저는 허심탄회하게 이야기하려고 한 것인데 가끔 상대방이 오해를 할 때도 있죠. 저의 지나치게 솔직한 표현들을 불편해하거나 예상치도 못한 상처를 받았다는 사람도 있었어요. 앞만 보고 달리다 보니 다른 것을 못 보고 놓치는 경우도 많고, 너무 빨리 실행하다 보니 진행 과정에서 일이 꼬일 때도 있었지요. 시시각각 중요한 일들이 생각나다 보니 하던 일을 멈추고 쉽게 딴 길로 빠지기도 하고요. 한번은 출장을 갔다가 사무실로 들어와 보니 평소에 아끼던 화분이 시들해져 있는 거예요. 그래서 물을 주려고 가까이 가서 보니 흙을 갈아엎어 주어야겠다는 생각이 들었어요. 작업을 한참 하고 일어섰는데 백이 어깨에 그대로 있는 거예요. 제가 백도 안 내려놓고 몰두한 거지요. 그때 전화가 요란하게 울렸어요. 심차근 부장님이 미팅 시간이 한참 지났는데 왜 안 오느냐며 전화를 했더라고요. 늘 이런 식이었죠. 심 부장님, 미안해요."

신나리의 갑작스러운 사과에 심차근은 웃음이 났다. 평소 같으면 위기만 모면하려는 변명으로 여겨지면서 '정말 이해가 안 되는 사람'이라는 생각을 했을 텐데, 오늘은 어찌된 일인지 귀엽게 느껴지기도 했다. 유쾌한 분위기 속에서 다시 폴 코치가 바통을 이어받았다.

"신나리 실장님의 빠른 실행력은 강점입니다. 단지 그것이 강점으로 발휘되기 위한 약간의 미장센[12]은 필요하겠죠. 행동가형의 표적을 향해 달리는 능력이나 위기 관리 능력, 뛰어난 적응력은 어려움을 쉽게 극복한다는 점에서 강점이 맞습니다. 집중력이 좋은 것 역시 강점이겠죠. 그

---

12 연극 등의 공연을 할 때 등장인물의 배치나 역할, 무대 장치, 조명 따위에 관한 총체적인 계획. 여기서는 의도를 가진 계획을 뜻한다.

러나 그런 강점이 지나치게 나타날 때 오히려 약점으로 보일 수 있습니다. 그래서 약점을 지나친 강점이라고 표현할 수도 있습니다."

행동가형의 강점과 지나침에서 발생하는 약점

강점	약점
손재주가 좋다.	하나에 집중하면
집중력이 좋다.	다른 것을 못 본다.
위기 대처 능력이 있다.	일을 복잡하게 꼬아 놓는다.
적응력이 뛰어나다.	쉽게 딴 길로 빠진다.
어려움을 쉽게 극복한다.	감정에 지나치게 빠지지 않는다.
사실주의자다.	냉소적이다.

ep/2。

관리자형은

정리정돈의 귀재

폴 코치는 화이트보드를 깨끗하게 닦아 내고 '관리자형'이라고 적었다.

"이번에는 관리자형의 선호에 대해서 나눠 보겠습니다. 관리자형의 사람들이 좋아하는 것은 무엇일까요? 생각나는 대로 말씀해 주시죠."

엄예리는 조심스럽게 입을 열었다.

"예의 바르게 행동하는 것을 좋아하는 것 같아요. 제가 친구와 함께 버스에서 내리려고 미리 벨을 눌렀는데 기사님이 문을 열어 주지 않으셔서 조심스럽게 '기사님, 저 여기서 내릴게요' 하고 말씀드렸더니 기사님은 '죄송합니다' 하고 엄청 미안해하시며 문을 열어 주셨어요. 저는 반사적으로 '아닙니다' 하고 깍듯이 인사를 드렸죠. 친구가 버스에서 내린 뒤 참 너답다며 고개를 절레절레 흔들었던 기억이 나요."

신나리는 미소를 지으며 맞장구를 쳤다.

"맞아요. 그리고 공정! 제가 주말에 아카데미에서 수업을 진행할 때였어요. A학생은 제시간에 과제를 내고 B학생은 제출일을 넘겨서 과제를 냈어요. 그런데 B학생의 과제가 훨씬 더 내용이 풍부했어요. 그래서 B학생에게 더 좋은 점수를 주었더니 A학생이 찾아와서 항의를 하는 거예요. 자기는 제 시간에 냈는데 왜 시간을 넘겨서 제출한 사람보다 점수가 낮으냐는 거였죠. 만약 자기도 시간이 더 있었다면 더 좋은 과제를 제출할 수 있었을 거라고요. 아차 싶었죠. 그때부터 제출일을 준수하지 못하면 점수를 깎는다고 미리 이야기를 해 주었어요. 그리고 보면 관리자형들은 규칙과 절차를 준수하는 것을 중요하게 생각해서 학교에서도 선생님 말씀을 가장 잘 들었던 것 같아요. 전통과 규범에 대한 존중이 제일 유별나요. 빈 도화지에 그림을 그리는 역할보다는 그 일에 대한 규칙을 만들고 매뉴얼을 정리하는 것을 훨씬 더 좋아하는 것 같아요. 시간도 잘 지키다 보니 '조직'이라는 형태에 가장 적합한 사람들인 것 같기도 하고요."

심차근은 놀라운 표정으로 신나리에게 말했다.

"실장님은 벌써 성격 전문가가 되신 것 같네요. 언제 그렇게 자세히 공부했어요? 항상 놀라운 모습을 보여 주시는군요."

"제가 궁금한 것은 못 견디잖아요. 아시면서."

신나리는 코를 찡긋해 보이며 말했다. 심차근의 칭찬을 들으니 더 기분이 좋았다. 심차근은 자신이 평소에 가지고 있던 생각을 들여다보기라도 하듯 이야기하는 신나리가 볼수록 놀라웠다. 그런 신나리를 흐뭇하게 지켜보는 사람이 또 있었는데, 바로 유평화였다.

"역시 오늘도 신나리 실장님의 활약이 뛰어나네요. 지금까지 나온 이야기들처럼 관리자형은 흑백 상황, 조직 구조와 명확한 기대, 스케줄과 예정표, 일관성, 정확성, 권위에 대한 존경, 예우, 전통과 형식적 운영 절차를 중요하게 여기는 것 같습니다. 은근히 멋쟁이이기도 하고요."

사람들은 동시에 심차근을 쳐다보았다. 어떤 상황에서도 흐트러진 모습을 보인 적이 없는 심차근은 레인보우에서 고급스러운 패션 스타일의 아이콘이다. 과하지도 않고 모자라지도 않는 그의 컬러 감각과 딱 떨어진 듯이 어울리는 스타일링에는 이의를 제기할 사람이 없었다.

관리자형: 규범(Manual)

좋아요	싫어요
흑백 상황	불필요하다 생각되는 변화
잘 짜인 조직	새로운 기술 배우기
구조와 명확한 기대	무질서
스케줄과 예정표, 일관성	불공평, 일관성 없음
정확성	규율에 대한 반항, 불복종
권위에 대한 존경, 예우	정책에 대한 불경한 태도나 말
예의와 공정	우물쭈물 하는 것
전통과 형식적 운영 절차	무책임한 태도

폴 코치는 의미심장한 미소를 지으며 말했다.

"저도 관리자형입니다. 그래서 이 유형에 대해서는 가장 많은 이야기를 들려 드릴 수 있을 것 같군요. 전통주의자인 관리자형은 책임감이 있고 성실, 근면하며 조직적, 안정적인 덕목을 소중히 여깁니다. 일 처리에 있어서도 정확하고 실수가 없으며 깔끔하게 해결하는 것에 가치를 두죠. 다른 사람들로부터 약속을 잘 지키는 사람, 믿을 수 있는 사람, 조직을 안정시키고 통합하는 사람, 일관된 방침을 유지하는 사람, 확고부동한 사람, 일을 계획하고 꾸준히 추진하는 사람, 좋다 나쁘다가 분명하고 비판이 강한 사람, 결코 일어나지 않을 위기 관리에 에너지를 낭비하는 사람, 재정에 있어 신중한 사람, 모험을 반대하는 사람으로 인식될 것입니다."

폴 코치의 한 마디 한 마디에 심차근은 어쩐지 쑥스러워하는 것 같았고, 사람들은 하나같이 고개를 끄덕였다. 폴 코치는 계속 이어 말했다.

"관리자형은 목표를 정하고 성취하는 능력이 탁월하며 주변 환경이나 일을 조직화하고 정돈하는 능력이 뛰어납니다. 하지만 너무 목표만 바라보다가 다른 기회를 놓치기도 하고 주변 정돈이 중요하다 보니 다른 사람 일에 너무 많은 간섭을 하기도 하지요. 체계화를 강조하다가 융통성이 없어지기도 합니다. 그러나 상식적인 사람입니다. 가장 상식적으로 행동하는 것을 중요하게 여기다 보니 평소에 염려가 많습니다. 물론 관리자형이 걱정하는 염려의 95퍼센트는 발생 가능성이 없는 것이지요. 관리자형 중에서도 '감정'이 발달한 경우에는 주는 자, 돌보는 자, 섬기는 자가 됩니다. '와, 이렇게까지 돌봐 줄 수 있다니!' 하면서 탄성이 터져 나올 정도입니다.

관리자형의 강점과 지나침에서 발생하는 약점

강점	약점
목표를 정하고 성취하는 능력이 있다.	지나치게 신중하여 기회를 놓친다.
주변 환경 정돈을 잘한다.	간섭이 너무 많다.
체계화시키는 능력이 있다.	완고하다.
돌보고 섬기는 데 탁월하다.	받는 것을 어려워한다.
상식적이다.	염려가 많다.

ep13.

전략가형은

비전의 사람

토론과 강의를 흥미롭게 지켜보던 백전진은 테이블 위에 놓인 백지에 뭔가를 열심히 써 내려갔다. 전략가형에 대해 나눌 차례가 되자 백전진은 작성하던 펜 뚜껑을 덮고 테이블을 탁 치며 말했다.

"전략가형이 좋아하는 것과 싫어하는 것, 제가 한번 적어 봤습니다."

백전진이 쓴 종이를 눈으로 읽어 보던 폴 코치는 고개를 끄덕이며 엄지를 세웠다.

"역시, 백전진 과장님의 놀라운 직관력과 통찰력이 돋보이는군요!"

전략가형: 토론(Debate)

좋아요	싫어요
오락적인 논쟁	반복되는 일상
경쟁에서의 승리, 성취	자질구레한 일
추상적 개념 구축과 아이디어	지능 및 독창력의 부족
논리적 분석과 학습	능력 부족
가능성 예지	현재의 사실들
지성과 능력	감정어린 표현
계획 착수	유용성 없는 전통
창의적인 방법	규칙을 위한 규칙

모두의 시선이 자기에게 집중되자 백전진은 자연스럽게 입을 열었다.

"어릴 때부터 무엇을 하든지 유난히 승부욕이 강했습니다. 항상 모든 방면에서 이기고 싶어 했지요. 승부를 겨루는 스포츠를 좋아했던 것도 그것 때문이었나 봅니다. 주변 사람들에게 '너무 일 중심이다', '칭찬에 인색하다'는 말을 주로 들었는데 워낙 승부욕이 강하고 감정어린 표현을 잘 할 줄 모르다 보니 그랬던 것 같아요. 이제는 기계적으로라도 '감사하다'는 표현을 하려고 노력해야겠다는 생각이 듭니다."

"오락적인 논쟁이라는 부분이 눈에 띄는 군요. 어떤 맥락에서 그렇게 쓰셨나요?"

"제가 스스로를 객관적으로 느낀 사건이 있었습니다. 부하직원 중에 저와 기질이 같은 전략가형이 한 명 있었습니다. 하루는 그 직원이 얼굴이 빨개져서 사무실로 들어오더군요. 알고 보니 다른 부서 상사에게 자신의 의견을 이야기하는 과정에서 '버릇없이 말한다'며 야단을 맞았다는 겁니다. 그가 왜 그렇게 분해하는지 이해가 됐습니다. 저라도 그랬을 테니까요. 전략가형은 자기 생각이 맞다는 생각이 들면 상대방이 누구든 관계없이 그것을 표현하고 싶어 합니다. 더 좋은 대안을 위하여 논쟁도 필요하다고 생각하지요. 오히려 반론이 없으면 '왜 생각이 없지?' 하고 물어보게 됩니다. 하지만 그런 행동이 다른 사람이 보면 권위에 도전하는 듯이 보일 수도 있을 것입니다. 그만큼 전략가형들은 어떤 주제를 놓고 토론하는 것을 좋아하고 재미있어 합니다. 저 역시도 그랬고요. 대학 시절부터 '토론대회'에서 수상을 많이 했습니다. 그게 우연이 아니었던 것 같습니다."

폴 코치는 재미있다는 듯이 웃으며 말했다.

"전략가형 부하직원의 저돌적인 모습은 리더에게 '나한테 도전하는 건가' 하는 느낌을 주기 쉽죠. 대표적인 사례입니다. 합리주의자, 관념주의자, 미래, 아이디어, 비전, 성취, 도전, 혁신, 논리, 독립적 변화를 계획하고 가능성을 바라보는 것이 전략가형의 대표 키워드입니다. 항상 구상하고 계획하는 공상가형으로 보이기도 하지요. 판에 박히지 않고 자유로운 사고를 하고 복잡 난해한 문제에 오히려 자극을 받는 사람들입니다. 강한 의지로 목표를 달성하고 열성적입니다. 그리고 본인과 타인의 적용 기준을 계속 높이는 특징이 있습니다. 업무를 주었는데 부하직원이 예상보다 일을 잘해 왔을 경우, '아, 너무 쉬운 일을 주었군. 좀 더 수준을 높여서 진행해도 되겠는데!' 하고 생각하며 업무 목표를 순식간에 상향 조정합니다. 전략가형이 타인을 잘 인정해 주지 못하고 쉽게 칭찬하지 않는 이유는 여기 있다고 볼 수 있겠죠. 또한 무슨 일이든 입장이 분명하고 솔직합니다. 두 번 이상 말하지 않으며 암시로 말하는 특징 때문에 의사소통에 문제가 생길 수 있지요."

폴 코치는 커피를 한 모금 마시고 백전진을 부드럽게 바라보며 말을 이었다.

"전략가형은 그 어떤 유형보다 일을 성취하는 데 강력한 강점을 가지고 있지만, 동시에 그 강점이 지나쳐서 많은 약점이 나타나기도 합니다. 뛰어난 지적 재능을 갖고 있지만 상대방의 감정을 잘 못 느끼기에 관계가 힘들고 사회생활이 어렵습니다. 비전의 사람이므로 일을 추진하는 과정에서 기준을 계속 높이길 원합니다. 복잡하고 난해한 문제를 해결하는 능력이 있지만 때론 그것에 집착하기도 하고요. 그러면 본인도 힘들고 주변도 힘들어지지요. 명확하고 직선적인 표현과 솔직한 대화는 리더십에서 매우 중요한 강점이지만 잘 다루지 못하면 다른 사람들에게 상처를 주기 쉽습니다. 왜냐하면 이들은 자기의 말이 상대방에게 상처를 준다는 생각을 전혀 못 하고 있기 때문이지요. 또한 미래에만 생각이 가 있기 때문에 현실 감각이 떨어질 수 있습니다."

폴 코치의 말을 듣고 신나리는 손뼉을 치며 말했다.

"저는 평소에 백 과장님 같은 의사소통 방식이 참 좋더라고요. 군더더기 없는 깔끔한 소통과 시원시원한 일 처리, 그리고 누구도 생각하지 못한 획기적인 솔루션도 마음에 들어요."

기준이 높아야 …

신나리의 이야기를 듣고 있던 엄예리도 미소를 지으며 말했다.

"솔직히 저는 그동안 백 과장님을 보면서 '저분은 나를 싫어하는 걸까?' 하고 생각한 적이 많아요. 너무 딱딱한 말투, 칼 같은 표현들에 찬바람이 쌩쌩 부는 것 같았거든요. 그런데 오히려 감정 영역이 약하고 평소에 누구에게든 기준이 높아서 그렇다는 것을 알게 되니 안도가 되네요."

엄예리의 말에 백전진은 얼굴이 빨개졌다.

"싫어하다니요. 말도 안 됩니다. 엄예리 과장님 같은 분을 싫어하는 사람이 어디 있겠어요."

"백 과장님, 여태 아껴 둔 칭찬을 이 한마디로 다 해결하시는걸요?"

신나리의 말에 엄예리도 '푸훕'하고 웃었다.

전략가형의 강점과 지나침에서 발생하는 약점

강점	약점
뛰어난 지적 재능이 있다.	사회생활에 어려움을 겪을 수 있다.
비전의 사람이다.	기준을 계속해서 높인다.
복잡하고 난해한 문제를 탁월하게 해결한다.	복잡하고 난해한 문제를 해결하는 데 집착한다.
직접 대화 구사 능력이 뛰어나다.	다른 사람에게 쉽게 상처를 준다.
미래 예측 능력이 있다.	현실감각이 떨어진다.

 ep14.

이상가형은

사람을 보는 사람

맨 앞에 앉아서 시종일관 가장 바른 자세로 폴 코치의 이야기를 경청하며 조용히 받아 적던 유평화는 사람들의 환하게 웃는 얼굴과 솔직하게 터놓고 이야기를 나누는 모습을 보면서 가슴이 뭉클해졌다. 패션사업부가 소통에 어려움을 겪고 있는 것이 못내 안타까웠던 참이다. 한 사람 한 사람을 살펴보면 누구 하나 수고하지 않는 사람이 없는데, 성과가 저조한 이유를 사람에게서 찾을 수도 없는 노릇이었다. 그런데 이제 이 팀에도 희망이 보이기 시작했다. 역시 사람은 가능성으로 가득하다.

그렇게 유평화가 만족감에 젖어 가고 있을 때쯤, 폴 코치는 화이트보드에 '이상가형'이라고 적고 다음 순서를 진행했다.

"마지막으로 이상가형의 선호입니다. 이상가형은 무엇을 좋아할까요?"

폴 코치의 질문이 끝나기가 무섭게 신나리가 입을 열었다.

"사람들과의 관계요!"

나머지 사람들도 고개를 끄덕였다. 유평화도 거들었다.

"미래에 대한 상상을 한다거나 브레인스토밍을 하며 새로운 아이디어를 만들어 내는 것도 좋아합니다."

유평화는 패션사업부 초창기 '가치'로 어필하는 것에 대한 개념이 희박하던 시절, 사회적인 이슈들인 '버려지는 옷의 재활용', '지구 반대편 옷 선물하기' 등과 같은 캠페인을 브랜드 이미지와 연결시켜 진행하여 사회적 공감대를 불러일으킨 장본인이다. 언제나 '사람'을 중심으로 생각하며 아무도 시도하지 않는 것에 대한 도전도 서슴지 않았다. 마침 엄예리도 유평화의 새로운 도전을 좋아하는 부분에 대해 이야기했다.

"유평화 본부장님 은근히 독특한 패션 스타일을 좋아하시고 잘 소화하시는 것 같아요. 지난번 부서 워크숍에서 에스닉[13]한 무늬의 펄럭이는 바지를 입으시는 것을 보고 놀랐었어요. 그러고 나서 본부장님을 보니 패션 스타일이 뭐랄까, 예측 불가능한 영역에 있다고나 할까요?"

폴 코치는 웃으면서 유평화에게 물었다.

"유 본부장님, 어떠세요? 평소 패션 스타일링에 기준이 있습니까?"

"제가 대학시절부터 동기들에게 자주 하던 이야기가 있습니다. '패션은 엔터테인먼트다.' 즉 패션은 놀이라는 것입니다. 사람들이 나를 어떻게 보는가를 무시할 수는 없겠지만 새로운 시도와 색다른 개성을 지니는

---

13 민속적, 토속적인 양식이라는 뜻으로 아프리카, 중근동, 중남미, 중앙아시아, 몽고 등에서 볼 수 있는 스타일을 말한다.

것이 패션이 가지고 있는 일종의 유희적 측면이라고 생각하고 있어요. 그래서 아마도 주변에서는 의외라는 생각을 하나 봅니다."

이상가형: 관계(Relationship)

좋아요	싫어요
미래에 대한 상상	규칙
새로운 아이디어	관료주의
브레인 스토밍	딱딱한 구조
사랑	사람들의 문제에 둔감함
도전	비인격적인 결정
다양성	아는 체하는 사람
사람들과의 조화로운 관계	부정직, 도덕성의 결여
따뜻한 말 한마디	공개적인 비판
개인적 스타일을 반영한 옷	공공연한 대립

폴 코치는 유평화의 이야기를 듣고 말했다.

"패션 스타일은 이상가형과 관리자형의 차이가 가장 극명한 영역인 것 같습니다. 이상가형은 다른 사람과 같은 옷을 입으면 불편하지만 관리자형은 다른 사람들과 다른 옷을 입으면 불편하지요."

다들 흥미로운 얼굴로 유평화와 심차근을 번갈아가며 보았다. 둘 역시 서로에게 눈짓을 하면서 미소 지었다. 폴 코치는 계속해서 이야기했다.

"이상가형은 기본적으로 이상주의자입니다. 이상가형을 표현하는 단어로는 정체성, 통합성, 미래, 비전, 창의적, 상상력, 열정, 인간관계와 같은 것입니다. 자아 정체감과 통합을 통해 자아를 찾는 것을 중요하게 여기죠. 언어 구사 능력이 뛰어나 열성적 대변인이 되기도 합니다. 모든 유형 중에서 가장 남을 잘 인정해 주고, 타인의 요구에 민감하고, 개인의 잠재력과 가능성을 개발해 주는 데 뛰어납니다.

반면, 비현실적이기도 하고 지나치게 낙관적이어서 세부사항에 부주의한 경우가 많습니다. 또한 인간관계에서의 갈등을 매우 힘들어하기 때문에 갈등이 생기면 자꾸 피하려고 하죠. 그러다 보니 갈등을 논쟁을 통해 해결하려는 전략가형이 힘들 때도 많고요. 이상가형 리더는 인격과 품위, 관심과 열정, 인간지향적, 촉매자형 지도자이며, '의지가 된다', '없어서는 안 될 존재다', '같이 일하고 싶다', '함께하고 싶다'와 같은 말들을 듣고 싶어 합니다."

"맞아요. 본부장님은 정말 의지가 되는 분이에요. 아마도 본부장님이 아니었으면 우리 사업부는 진작 해체되었을 거예요. 따뜻하게 한 사람 한사람을 사랑으로 이해하고 품어 주는 리더십 덕분에 우리가 이렇게 함께할 수 있는 것 같아요."

신나리가 유평화를 보며 말했다. 유평화는 행복한 미소를 지으며 말했다.

"다들 탁월한 인재들인걸요. 오히려 제가 여러분과 일할 수 있어 영광입니다."

훈훈한 분위기 속에서 이번에도 폴 코치는 이상가형의 강점이 지나쳤을 때 생길 수 있을 문제에 대한 당부를 잊지 않았다.

"관계중심적인 이상가형 리더들은 자칫 독립적으로 일하기 원하는 부하직원들에게 지나치게 간섭한다는 느낌을 줄 수 있습니다. 공동체성을 중요하게 여기고 감정을 보살피느라 정작 중요한 목표 달성에 소홀하지 않도록 주의해야 합니다. 목표 달성은 꾸준한 실행이 가장 중요하니까요.

이상가형이 가지고 있는 최고의 강점은 상대방을 동기부여 하는 능력이지만 이 역시 지나쳐서 다른 사람의 감정까지 다루려고 하지 않도록 조심해야 합니다. 관계에서의 조화를 매우 중요하게 생각하고 잘 유지하지만 갈등이 생기면 힘들어하고 떠나고 싶어 합니다. 이상가형들은 주변

이상가형의 강점과 약점

강점	약점
동기를 부여한다.	다른 사람의 감정까지 다루려고 한다.
관계를 조화롭게 유지한다.	갈등을 힘들어한다.
이상주의자이다.	다른 사람도 자신과 같을 것이라고 착각한다.
상대방의 능력을 간파한다.	너무 많이 간섭한다.
탁월한 상담자이다.	모든 사람을 구하려 한다.

사람들의 말을 잘 들어주고 상담도 잘해 주는 능력이 있지만 때론 너무 많은 사람을 돌보느라 스스로 탈진하는 경우도 있고요."

이제 세미나실의 분위기는 미팅을 처음 시작했을 때와는 전혀 다르게 따뜻한 대화와 웃음꽃으로 가득했다. 서로를 매섭게 노려본다거나 인상을 찌푸리는 일은 없었다. 서로를 비난하는 목소리도 오늘만큼은 들을 수가 없었다. 어긋났던 퍼즐이 하나씩 맞춰지고 있는 듯했다.

폴 코치는 처음 이들의 기질을 적은 메모를 보며 유쾌하게 웃었던 일이 기억났다. 이렇게 각자 다른 기질을 가지고 있는 팀도 보기 드물다. 그랬기 때문에 폴 코치는 이들이 이 코칭을 마칠 즈음이면 아주 멋진 팀워크를 보여줄 것이라고 기대했고, 점점 그 기대대로 흘러가고 있는 것이 보였다. 이들을 코칭하기 참 잘했다는 생각을 했다.

폴 코치는 셔츠 소매의 단추를 풀어 돌돌 말아 올리고 커피를 한 모금 마신 뒤, 활짝 웃으며 말했다.

"이제 한 가지 사실은 분명해졌을 겁니다. '강점이 없는 사람은 없다. 단지 다른 것 뿐이다!' 또한 약점이 없는 사람도 없습니다. 약점이란 강점이 지나쳐서 나타나는 것이기 때문이지요. 참 당연한 이야기인데 현실에서는 적용하기가 쉽지 않은 것 같습니다. 우리는 강점보다는 약점에 주목하는 데 익숙하니까 말이죠. 그러니 '칭찬할 거리가 없다'는 말은 어불성설입니다. 잘 찾아보면 그 사람이 잘하는 것이 분명히 있기 때문이지요.

상대방의 강점을 칭찬하는 것을 '인정'이라고도 합니다. 칭찬과 인정은 연습하지 않으면 할 수가 없습니다. 그런 의미에서 이제 각자에게 강점을 인정하는 칭찬 릴레이를 해 보겠습니다."

폴 코치의 안내에 따라 사람들은 테이블 위에 놓인 빈 종이 맨 위에 자기 이름을 썼다. 쑥스러운 듯 살포시 웃음을 짓는 사람도 있었고, 자신감에 찬 눈빛으로 그 어느 때보다 또박또박 이름을 쓰는 사람도 있었다. 그러고는 종이를 시계방향으로 돌렸다.

사람들은 종이 주인에게 인정하는 글을 써 주었다. 작성을 마친 다음에는 본인에게 "당신의 강점을 존경합니다"라고 인사하며 칭찬 편지를 전달하도록 했다. 자신에게 돌아온 칭찬 편지를 읽는 사람들의 얼굴은 꿈에 빠져든 것처럼 아득했다.

"인정을 받으니 어떻습니까?"

폴 코치가 묻자 유평화가 말했다.

"사실은 가끔 외로웠습니다. 불 꺼진 무대 위에 나 혼자 있다고 느껴지는 거죠. 그런데 지금 객석의 조명이 켜지고 동료들이 나를 지켜보고 있었다는 걸 깨달았습니다. 혼자가 아니라는 생각이 듭니다."

"그러면 상대방을 칭찬하고 인정할 때의 기분은 어땠나요?"

폴 코치가 물었다. 이번에는 신나리가 입을 열었다.

"칭찬을 들을 때도 기분이 좋았지만 칭찬을 할 때 더 충만해졌어요. 사실 그동안 입발린 칭찬은 진실성이 없으니, 어떻게 칭찬할까 생각하다 보면 타이밍을 놓쳐서 못하는 경우도 있었거든요. 그런데 이렇게 진심을 담은 칭찬을 주고받으니 정말 기쁘네요."

사람들은 서로 칭찬을 주고받으며 깨달았다. 나만의 논리와 주장으로 무장하고 있던 마음의 빗장을 여는 것이 진심이 담긴 칭찬 한마디였다는 것을 말이다. 그들은 그 따뜻한 다독거림 앞에서 그동안 바짝 세웠던 날이 조각조각 깨지며 무력화되는 소리를 들었다. 오해와 갈등의 가장자리에서 미끄러져 나오는 경쾌함에 흠뻑 젖어드는 환희를 느꼈다.

눈밭의 발자국은 도드라져 보이기 마련이다

'약점이 발목 잡는 팀'이 아닌 '강점으로 성과를 내는 팀'이 되려면 먼저 강점과 약점에 대한 인식이 달라져야 한다. 기질적 강점은 타고 난 성격을 바탕으로 그 사람이 쉽고 편하게 잘할 수 있는 일이다. 누구 나 강점을 가지고 태어나며, 사람마다 성격적 기질이 다르듯이 강점이 다르다. 하지만 그 강점이 지나치게 나타날 때 약점으로 보일 수 있다. 그러니 누구나 강점에 의한 약점이 있는 것이다.

예를 들어 행동가형은 상황 적응력이 탁월하다. 예기치 못했거나 어 려운 상황이 발생해도 누구보다 쉽게 대처해 나갈 능력이 있다. 하지 만 그것이 지나치면 쉽게 딴 길로 빠지는 우를 범하여 이것저것 산만 하게 일하게 된다.

관리자형은 체계화하거나 주변을 잘 정리해 놓기 때문에 일을 맡기 면 딴 길로 빠질 우려는 없다. 하지만 그런 강점을 지나치게 사용하다 보니 완고해 보일 수 있고 정리가 안 된 상황에 비판을 많이 하게 된다.

결국 강점과 약점은 전혀 동떨어진 것이 아니라 동전의 양면처럼 공 존하는 것이다. 한 가지 강점을 가진 사람과 함께 일한다는 것은 그 뒷 면에 있는 약점도 함께 따라오는 것임을 잊으면 안 된다.

사람은 본능적으로 상대방의 약점을 더 쉽게 발견한다. 눈이 소복이 쌓인 운동장에 검은 발자국이 찍혀 있다면 눈에 띨 수밖에 없는 것처럼 말이다. 나와 다른 상대방의 약점은 나를 불편하게 만들 것이다. 그러니 강점보다는 약점에 더 예민해지고 경계하게 된다.

회사는 각 개인의 '강점'을 보고 그 사람을 채용한 것이므로 그 사람의 강점을 산 것과 같다고 할 수 있다. 그런데 막상 일을 하는 과정에서는 강점을 활용하지 못한 채 약점만을 개발하라고 강요하게 된다. 이것은 회사 입장에서 엄청난 낭비일 뿐 아니라, 개인 입장에서는 약점을 보완하려고 너무 애쓰다가 자칫 강점이 사라져 버릴 수도 있다.

그러므로 기업에서 직원들의 강점을 잘 파악하고 그것을 더욱 개발하여 잘 활용하는 것은 높은 성과를 내기 위해 매우 중요한 일이다. 물론 조직의 리더의 경우 높은 자리로 갈수록 약점이 주는 영향이 더 커지기 때문에, 발목을 잡지 않을 정도까지의 보완과 개발은 필요하다. 하지만 그렇다고 강점을 더욱 키워 성과를 내는 것을 게을리 할 수는 없다.

그래서 우리는 약점보다는 강점을 발견하고 활용하는 훈련을 해야 한다. 함께 오래 근무하며 자세히 관찰한다면 상대방의 강점을 쉽게 파악할 수 있겠지만 그것보다 쉬운 방법은 상대방의 기질적 강점을 미리 알고 접근하는 것이다.

앞에서 네 가지 기질의 강점과 약점에 대해 설명했다. 각 기질의 사람들에게 이것들이 반드시 나타난다고 말하기는 어렵지만 각 기질의 강점을 기억하고 있으면 그 강점들이 발휘되는 순간이 더 쉽게 발견되고 따라서 인정과 칭찬을 해 주기도 쉬워진다. 사람은 인정받을 때 더 동기부여가 되므로 더욱 강점이 개발되어 높은 성과를 낼 수 있게 된다.

네 가지 기질의 강점과 약점

기질	강점 타이틀	강점	약점	선호	비선호
행동가형	해결사 (Trouble shooting)	·손재주가 좋다 ·집중력이 좋다 ·위기 대처 능력이 있다 ·적응력이 뛰어나다 ·어려움을 쉽게 극 복한다 ·사실주의자다	·하나에 집중하면 다른 것을 못 본다 ·일을 복잡하게 꼬 아 놓는다 ·쉽게 딴 길로 빠 진다 ·감정에 지나치게 빠지지 않는다 ·냉소적이다	·행동 ·문제 해결 ·자유로움 ·협상 ·탁월한 기술과 기교 ·재미, 게임 ·작업복	·읽고 분석하기, 이 론화 ·보고서 및 서류 작성 ·전통, 정책, 과정 ·자유롭지 못한 것 ·미리 계획하는 것 ·일을 미루는 것 ·말만 하는 것 ·정장
관리자형	규범 (Manual)	·목표를 정하고 성취 하는 능력이 있다 ·주변 환경 정돈을 잘한다 ·체계화시키는 능력 이 있다 ·돌보고 섬기는 데 탁월하다 ·상식적이다	·지나치게 신중하 여 기회를 놓친다 ·간섭이 너무 많다 ·완고하다 ·받는 것을 어려워 한다 ·염려가 많다	·흑백 상황 ·잘 짜인 조직 구 조와 명확한 기대 ·스케줄과 예정 표, 일관성 ·정확성 ·권위에 대한 존 경, 예우 ·예의와 공정 ·전통과 형식적 운영 절차	·불필요하다 생각되 는 변화 ·새로운 기술 배우기 ·무질서 ·불공평, 일관성 없음 ·규율에 대한 반항, 불복종 ·정책에 대한 불경 한 태도나 말 ·우물쭈물 하는 것 ·무책임한 태도
전략가형	토론 (Debate)	·뛰어난 지적 재능이 있다 ·비전의 사람이다 ·복잡하고 난해한 문 제를 탁월하게 해 결한다 ·직접 대화 구사 능 력이 뛰어나다 ·미래 예측 능력이 있다	·사회생활에 어려 움을 겪을 수 있다 ·기준을 계속해서 높인다 ·복잡하고 난해한 문제를 해결하는 데 집착한다 ·다른 사람에게 쉽 게 상처를 준다 ·현실감각이 떨어 진다	·오락적인 논쟁 ·경쟁에서의 승 리, 성취 ·추상적 개념 구 축과 아이디어 ·논리적 분석과 학습 ·가능성 예지 ·지성과 능력 ·계획 착수 ·창의적인 방법	·반복되는 일상 ·자질구레한 일 ·지능 및 독창력의 부족 ·능력 부족 ·현재의 사실들 ·감정어린 표현 ·유용성 없는 전통 ·규칙을 위한 규칙

		·동기를 부여한다	·다른 사람의 감정	·미래에 대한	·규칙
이상가형	관계 (Relation-ship)	·관계를 조화롭게 유지한다 ·이상주의자이다 ·상대방의 능력을 간파한다 ·탁월한 상담자이다	까지 다루려고 한다 ·갈등을 힘들어한다 ·다른 사람도 자신과 같은 것이라고 착각한다 ·너무 많이 간섭한다 ·모든 사람을 구하려 한다	상상 ·새로운 아이디어 ·브레인 스토밍 ·사람 ·도전 ·다양성 ·사람들과의 조화로운 관계 ·따뜻한 말 한마디 ·개인적 스타일을 반영한 옷	·관료주의 ·딱딱한 구조 ·사람들의 문제에 둔감함 ·비인격적인 결정 ·아는 체하는 사람 ·부정직, 도덕성의 결여 ·공개적인 비판 ·공공연한 대립

인정과 칭찬은 몸으로 습득하고 훈련해야 하는 기술이다

상대방을 인정하고 칭찬하는 것이 그 사람에게 큰 동기부여가 되는 중요한 일이라는 사실을 모르는 사람은 없다. 하지만 우리는 인정하는 말과 칭찬에 매우 인색하다. 가장 큰 이유는 방법을 잘 몰라서다.

우리 사회는 인정과 칭찬을 별로 하지 않는 문화였다. 잘하면 통과, 잘못하면 혼내는 것이 당연했다. 그렇기 때문에 인정과 칭찬을 받아본 경험도 별로 없고 부모나 선배들에게 배울 수도 없었다. 어떤 사람들은 인정과 칭찬을 하면 우쭐하고 교만해질 것이니 혼내는 쪽을 택한다고도 한다. 어느 대기업 임원은 "직원 급여의 80퍼센트가 욕먹는 값이라서 많이 혼나는 것이 당연하다"고 우스갯소리를 하곤 한다. 하지만 사람들은 혼날 때보다 인정받고 칭찬들을 때 더 동기부여가 되고 몰입하기 때문에 성과를 낼 수 있다. 이러한 사실은 이미 여러 매체를 통해 증명되었다. 칭찬이 부작용으로 작용하는 이유는 제대로 칭찬하지 못했기 때문이다. 즉 칭찬하는 방법을 모르는 것이다.

상대방이 잘하는 일을 더 잘할 수 있도록 하기 위해서는 먼저 인정하고 칭찬하는 대화의 기술을 배울 필요가 있다. 사람들은 잘하던 일도 인정받지 못하고 지지적 피드백을 받지 못하면 더 이상 하고 싶어 하지 않는다고 한다. 그런 면에서 인정 기술은 지속적 성장을 통한 성과를 얻기 위한 매우 중요한 기술이다.

여기서 '기술'이라는 단어를 사용한 것은 인정과 칭찬은 이론적으로만 배운다고 해서 할 수 있는 것이 아니기 때문이다. 많은 훈련을 하면서 몸으로 습득해야 한다. 마치 운동선수가 훈련하는 것과 같다. 책상에서 수영 관련 책을 많이 읽는다고 수영을 잘할 수 없는 것처럼, 대화의 기술도 이론만으로는 배울 수 없다. 처음서부터 잘하기를 기대해서도 안 된다. 잘 안 되고 상대방의 반응이 나쁘더라도 지속적으로 훈련하다 보면 반드시 나아질 수 있다. 대화 기술의 가장 좋은 방법은 외국어 배우듯이 공부하는 것이다. 인정하는 문장을 외우고 반복적으로 사용하는 것이다. 그러면 먼저 인정과 칭찬의 차이부터 알아보자.

Doing에 대한 것=칭찬

보통 칭찬은 상대방이 내가 원하는 행동이나 결과를 만들었을 때 하는 표현이다. 어떻게 보면 평가일 수 있다.

"출장 중이어서 바쁠 텐데 보고서 제 시간에 제출했네요. 잘했어요."

"어려운 상황에서도 영업 실적이 목표를 달성했군요. 수고했어요."

이런 말에는 나 중심적 시각에서 내가 원하는 결과를 만들었음에 찬사를 보내는 것이다. 여기서도 중요한 것은 반드시 '사실'에 근거하여야 한다는 것이다. "김 대리는 정말 일을 잘해", "부장님은 참 훌륭해요"처럼 막연한 칭찬은 상대방을 혼란스럽게 만들기도 하고 별로 도움이 되지 않는다.

Being에 관한 것, 사실/가치/기여=인정

인정은 다른 사람의 성품, 잠재력, 가치, 기여 등을 알아주는 것으로 상대방이 어느 수준에 있더라도 지금의 수준보다 더 나아지게 만들어 주는 동기부여이다. 칭찬받은 일을 한 것에 대해 그것을 할 수 있게 만든 내면의 가치를 인정하고 그 가치를 더 자주 사용하도록 북돋아 주는 것이다.

인정 기술은 반드시 사실에서 출발해서, 그것을 할 수 있게 한 내면의 가치를 이야기하고, 그것이 주는 기여에 대해 이야기해야 한다.

출장 중이어서 바빴을 텐데 보고서 제 시간에 제출했네. (사실)
이 대리는 정말 책임감이 강한 것 같아. (가치)
이 대리는 역시 우리 팀의 자랑이야. (기여)

어려운 상황에서도 영업 실적이 목표를 달성했군요. (사실)
고객의 요구에 민감하고 성실하게 반응하는 태도가 그런 결과를 만든 것 같네요. (가치)
나도 김 과장을 보고 배워야 할 것 같아요. (기여)

상대방의 행동에서 가치를 찾아내는 것은 쉬운 일은 아니다. 그래서 우리는 관심을 가지고 상대방을 바라보아야 한다. 그러나 상대방의 기질적 강점을 알고 있으면 그 사람의 행동에서 자주 나타나는 가치를 찾기가 쉬워진다. 앞에서 언급했듯이 각 기질의 강점을 외우고 있으면 상대방을 인정할 때 많은 도움이 될 것이다.

행동가형

"당신의 추진력은 타의 추종을 불허하네요. 우리 조직의 가속 페달입니다."

"만약 당신이 없었다면 이 문제를 해결하지 못해 우리 조직은 앞으로 뻗어 나갈 수 없었을 겁니다."

관리자형

"그렇게 섬세한 부분까지 신경을 써 주다니 정말 사려 깊군요! 우리 팀에 본이 됩니다."

"당신의 성실함과 책임감은 우리 모두가 배워야겠어요."

전략가형

"당신 예측대로 상황이 흘러가는군요. 당신이 없었다면 정말 큰 손실을 입을 뻔했어요."

"어떻게 그렇게 기발한 해결책을 생각해 낼 수 있습니까? 당장 그 방법을 적용할게요."

이상가형

"당신은 정말 진실한 마음을 가진 사람입니다. 당신과 함께 있으면 힘이 납니다."

"당신은 앞으로 뛰어난 통찰로 사람들의 마음에 감동을 주는 리더가 될 것입니다."

리더십 스타일도 기질에 따라 다르다

모든 리더는 자기 나름대로의 리더십 스타일을 가지고 있다. 어떤 리더는 부드러운 리더십을 가지고 있고 어떤 리더는 지략이 뛰어나다. 그래서 동양에서는 리더십을 덕장, 지장, 용장[14]으로 구분하기도 한다.

문제는 많은 리더들이 자기에게 잘 어울리지 않는 리더십 스타일을 강요당한다는 것이다. 리더십 스타일 때문에 생기는 약점이 발목을 잡기 때문이다. 하지만 나와 다른 스타일의 리더십으로 바꾸려는 것은 나에게 맞지 않는 옷을 입고 활동하는 것 같아 어색하고 잘 되지도 않을 뿐 아니라 성과도 잘 나지 않는다.

강한 추진력을 가진 리더가 직원이나 주변 사람들이 힘들어한다는 피드백을 많이 받아 아무 말도 못 하는 약한 리더십으로 변하는 경우

---

14 손자병법에서 나오는 장수의 세 부류. 덕장은 부하들을 돌볼 줄 아는 부드러움을 갖춘 장수를 말하고, 지장은 뛰어난 지략과 견문을 갖춘 전략가형 장수를 말하며, 용장은 용맹함과 추진력을 가지고 군사들을 진두지휘할 줄 아는 장수를 말한다.

도 많이 보았다. 부드러운 리더십을 가진 리더가 강하게 조직을 이끌지 못한다고 질책을 받아 주변 사람들을 함부로 대하는 경우도 많이 보았다. 하지만 어떤 경우든지 자기 스타일을 버리고 다른 스타일을 취했을 때는 성과를 내기 어렵다. 자신의 리더십 스타일은 유지하면서 대화의 기술을 배워야 문제가 해결된다. 강한 추진력은 유지하지만 좀 더 세련된 언어를 구사하여 마음에 상처를 주지 않고 동기부여하며 나아가야 한다. 부드러운 스타일은 유지하지만 좀 더 명확하고 단호하게 지시하고 피드백 하여야 한다.

네 가지 기질은 각기 다른 리더십 스타일을 지니고 있다.

행동가형은 자유분방한 경험주의자다. 문자 그대로 문제에 온몸으로 뛰어들어 직접 해결해 나가는 힘을 보여 준다. 급해서 실수도 생기고 순서나 규칙을 어기기도 하지만 지금 당장 필요한 것이 무엇인지에 집중하다 보니 다른 기질보다 가장 빠르게 문제 해결을 위해 돌진한다. 팀원들이 감정에 대한 섬세한 배려가 없다거나 정확한 수치에 대한 검토를 하지 않는다고 불평할 수 있지만, 행동가형 리더들의 추진력은 소중한 강점이다. 누구도 결과를 장담하지 못하는 비즈니스 세계에서 두려움 없이 '일단 해 보자'라는 생각으로 누군가 길을 터주는 사람이 있다면 그것은 언제나 행동가형의 몫이다.

행동가형 리더는 '자원이 충분히 활용되었는가? 이익은 눈에 보이는 실제적인 것인가?'라는 질문과 함께 즉각적으로 드러나는 이익이 무엇인가를 살핀다. 행동가형은 언제나 많은 자원과 정보를 수집하는 습관이 있기 때문에 즉흥적인 질문에도 대부분 당황하지 않고 대안이

나 의견을 내놓는다. 그런 모습은 영리해 보이고, 시원시원하게 느껴진다. 당면한 과제를 수행하기 위해서 적극적인 태도로 참여하고 학습한다. 항상 주변이 기대하는 것보다 더 적극적으로 참여하며 신속하게 대처하고 비범한 결과를 내기도 한다.

행동가형

리더십 스타일	Tactical leadership 문제 해결사 즉각적 이익 자원 관리
업무 스타일	영리함, 적시성, 즉각적인 행동
학습 스타일	당면한 요구를 위한 적극적 참여
조직 기여	비범, 기대치 않은 일에 신속히 대처 실제적인 일, 자원 찾기, 즉각 필요한 것 찾아 주기

관리자형은 의무를 중요시하는 전통주의자다. 조직과 위계질서, 팀의 힘을 중요시한다. 그래서 사람 보다는 조직을 따른다. 자기의 직책, 연봉, 보상, 임기, 규칙 등이 어떤지가 중요하다. 관리자형 리더는 일단 기준을 정하고 그 안에서 일하기 때문에 내향형 관리자형은 일처리 속도가 느려 주변 사람들과 갈등을 일으킨다. 외향형 관리자형은 빠른 속도로 주변 사람들을 관리하려는 성향 때문에 갈등이 일어나기도 한다.

특히 자유로운 것을 좋아하는 행동가형은 자기를 관리하려고 드는 관리자형을 힘들어한다. 관리자형은 주변이 안정적으로 관리되어야 마음이 놓인다. 이들은 무슨 일을 해도 일관성 있게 꾸준히 그 일을 해나가는 사람들이다. 그러니 더 새로운 방식을 경험해 보고 싶어 하는 행동가형과의 사이에서 갈등이 생길 수 있고, 더 좋은 방식으로 개선해 보고 싶은 전략가형과도 갈등이 생길 수 있다.

관리자형의 강점은 '디테일'이다. 매뉴얼이나 최초의 원칙과 규칙을 가장 자세히 기억하며 묵묵히 준수하는 그들은 조직이 함께 지켜 나가야 할 규칙에 힘을 실어 준다. 또한 관리자형은 책임감과 주변 사람들을 섬기고자 하는 마음이 강하기 때문에 기꺼이 주변의 많은 일을 맡아서 하며 돕는다. 하고 싶지 않을 때도 있지만 한번 일을 맡으면 변함없이 끝까지 해 나가는 사람들이다. 이러한 이유로 팀의 중심 역할을 하기도 한다.

관리자형 리더는 시간을 관리하며 세부적 운영에 힘을 쏟는다. 그들은 '이 일을 하기 위한 절차는 적절하게 마련되었는가? 이 일은 절차대로 준수되었는가? 시간 안에 완료되었는가?'라는 질문을 한다. 그들은 책임감 있는 모습으로 근면하게 일하며 충성스러운 면모를 보이기에 같이 일하는 사람들은 그에게 든든함을 느낀다. 그들은 학습할 때도 업무와 지식을 쪼개어 단계적으로 한다. 관리자형은 시간 내에 과업을 완료하여 조직의 안정성에 기여한다.

	관리자형
리더십 스타일	Logistical leadership 세부적 운영 시간 관리
업무 스타일	책임감, 충성, 근면
학습 스타일	유용성을 위한 단계적 학습

전략가형은 더 나은 미래를 추구하는 합리주의자다. 전략가형은 능력이 있고 의지도 강해서 아무리 힘들고 어려운 문제라도 그것에 도전한다. 그와 함께 가야 하는 사람들은 이런 상황에 쉽게 힘들어하고 지쳐 버리기도 한다. 내향형 전략가형은 깊이 생각하고 말은 없지만 절대로 자기 주장을 양보하지 않아서 갈등을 만든다. 반면 외향형인 전략가형은 자기의 생각을 남에게 강요하거나 추진력이 너무 강해서 갈등을 빚기도 한다. 그들의 관심은 미래이다. 따라서 앞으로 밀고 나가도록 조직에 활력을 불어넣고 팀원들이 능력을 갖출 수 있도록 최고의 혜택을 준다.

전략가형의 관심은 한 개인에서 시작해 가족, 기업, 나라, 나아가서는 지구의 미래까지 확장된다. 그것에 대한 구상과 전략을 짜는 것이 그들의 삶이다. 그러나 미래에 대한 큰 관심이 없는 관리자형과 행동가형은 현재가 더 중요할 뿐이어서 소통이 잘 안 되기도 한다. 이러한 시각의 차이가 갈등의 요소가 아닌 상호보완의 요소임을 인식한다면 전략가형은 최고의 리더십을 발휘하기도 한다.

전략가형 리더십은 잘 짜인 논리에 바탕을 둔 과학적 접근을 한다는 특징이 있다. 그들은 최소의 노력으로 최대의 성과를 얻기 위하여 에너지 투입의 방향성을 제시한다. '이것은 세상에 없는 참신한 솔루션인가? 이 결정은 어떤 논리에 바탕을 둔 것인가?'라는 질문을 한다. 그들은 독창적인 사람으로 보이며 논리와 아이디어로 가득 차 있다. 분석적인 사고를 통해서 학습하는 스타일이며 전략과 분석으로 조직에 기여한다.

전략가형	
리더십 스타일	Strategic leadership 과학적 접근 노력 관리
업무 스타일	성취 지향, 논리와 독창성을 가진 아이디어
학습 스타일	개인적 숙달을 위해 분석적 과정
조직 기여	큰 그림의 전략과 분석 미래에 대한 예측

　이상가형은 온전한 자아를 찾고자 하는 이상주의자다. 그들은 원칙이나 논리보다는 가치나 의미를 중요하게 생각한다. 인간관계에서는 갈등을 피하고 조화를 꾀하려고 하며 문제가 생기면 인간관계나 가치체계의 점검을 통해서 문제를 해결하려고 한다. 일의 중요성보다는 사람의 마음이 다칠까봐 전전긍긍하기 때문에 우유부단하거나 결단력이 없어 보이기도 하고, 문제 해결이 명료하지 않을 때도 있다.

　내향형 이상가형은 사람에 대한 이해의 영역이 깊어서 바다와 같은 포용력이 있지만 너무 깊게 생각하다 보면 외골수처럼 자기 생각을 신념으로 굳히는 경향이 있다. 반면 외향형 이상가형은 두루두루 넓은 인간관계를 가지면서 많은 사람을 품기 때문에 때로는 자신이 감당할 수 없을 정도로 일을 펼치며 힘들어하기도 한다.

　이상가형 리더는 주로 자신의 마음을 공감해 주지 않는 상대방에 대한 불만으로 조직과 팀에서 갈등을 빚는다. 그들은 자신이 어떤 프로 젝트를 하다가도, 또는 어떤 회사를 다니다가도, 심지어 어느 계통에 종사하다가도 문득 멈춰 선다. 진정한 의미를 찾아야 앞으로 갈 수 있기 때문이다. 이상가형은 자기 삶에 의미를 주거나 가치가 있다고 생 각하는 일에 대해서는 어떤 희생도 불사하지만 그렇지 않으면 살아갈 의미도 느끼지 못한다.

그들의 '우리는 왜 일하는가?'에 대한 진실한 의미 발견은 조직과 팀 에 영혼을 불어넣는다. 더욱이 고객들이 상품 자체보다도 메이커(생산 자)를 더 중요하게 여기는 현대 사회에서는 그러한 작업이 더욱 중요 하다. 고객은 이제 더 이상 영혼이 없는 상품과 홍보는 거들떠보지 않 게 되었다. 이상가형이 내다보는 미래와 의미, 가치에 귀를 기울이면 팀과 조직에 최고의 천리안을 장착하게 될 것이다.

이상가형

리더십 스타일	Diplomatic leadership 동기부여, 조화, 사람 관리
업무 스타일	가치, 소망에 관해 사람들과 상호적용
학습 스타일	개인적, 상상적인 방법으로 자기인식
조직 기여	가능성에 대한 개인적, 특별한 비전 긍정적인 이상주의자

4부

알아줘

소통은 상호작용이다

 ep15.

건강한 소통은
인정하는 말에서 시작합니다

"심 부장님, 여기에요!"

멀리 공원 입구로 들어서는 차를 향해 신나리는 손을 흔들면서 외쳤다. 그런 신나리를 엄예리는 신기하다는 듯 바라봤다.

"실장님은 이렇게 멀리서 심 부장님 차가 보여요? 저는 아무리 봐도 모르겠는데?"

"응, 그냥 딱 눈에 들어오는데?"

신나리는 싱글벙글했다. 오늘은 폴 코치와 함께하는 세 번째 코칭 시간이다. 날씨도 좋고 봄 냄새도 살살 부는 것이 여느 때처럼 세미나실에 처박혀 있기는 아깝다는 생각에 신나리는 '야외 수업'을 제안했고, 모두 찬성해 주었다. 신나리와 엄예리는 먼저 공원에 도착해 커피를 한잔씩

하며 다른 사람들을 기다리고 있었다.

시원한 바람과 따스한 햇살이 가슴 속까지 따뜻하게 녹이는 것 같았다. 거기에 봄꽃이 바람에 흩날려 떨어지는 모습은 하루 종일 보고 있어도 질리지 않을 것만 같았다. 때마침 부는 바람에 엄예리의 실크 민소매 블라우스가 한들거렸다. 그 감촉조차 신나리를 기분 좋게 했다.

"예리 씨, 이 옷 너무 예쁘다. 실크 소재가 참 기분 좋네. 너무 화려하지도 않고 고급스러워. 다음 시즌에는 예리 씨 스타일로 신제품 디자인 아이디어 내 볼까 봐."

엄예리는 갑작스러운 칭찬에 몸 둘 바를 몰랐지만 기분이 좋았다.

"다른 사람도 아니고 실장님께 그런 칭찬을 듣다니, 영광이네요. 아무리 그렇게 말씀하셔도 실장님 따라가려면 멀었죠. 실장님은 패션 아이콘이시잖아요. 예전에 어떤 기사를 읽었는데, 실장님을 샤넬에 비유해서 표현하던데요. 멋지고, 당돌하고, 앞서간다고요. 실장님의 스타일링에는 언제나 허를 찌르는 뭔가가 있다면서요."

"뭐, 샤넬? 나야말로 영광이네. 샤넬이라면 여자들이 코르셋으로 몸을 졸라매던 시절에 편안한 옷을 만들어서 여성의 몸을 해방시켜 준 디자이너잖아. 그 기사 누가 썼는지 몰라도 정말 고마운걸. 그럼 샤넬과 내가 기질이 같은가?"

신나리의 말에 엄예리는 "아, 그런가요?" 하면서 사뭇 진지해졌고, 그 모습에 신나리는 웃음이 터져 나왔다.

"뭐야, 엄예리 씨 귀여운 구석이 있네."

둘이 유쾌한 대화를 나누고 있을 때쯤 주차를 마친 심차근, 백전진,

유평화, 폴 코치가 나란히 걸어왔다. 폴 코치는 넓게 펼쳐진 공원을 둘러보며 말했다.

"오늘 신나리 실장님의 제안이 신의 한 수였네요. 야외로 나오니 마음이 탁 트이는 것이 정말 좋군요."

나무가 우거지고 새소리가 들리는 도심 속 자연에서는 고층 건물에 방해받지 않는 드넓은 하늘이 고스란히 보였다. 바쁜 일상으로부터의 쉼표 같은 시간이었다. 신나리는 사람들에게 돗자리를 들어 보이며 말했다.

"제가 오늘 돗자리를 가져왔어요. 이런 날 굳이 카페 같은 곳에 들어가 있지 말고 잔디밭에서 이야기해요! 어때요?"

이번 제안에도 역시 사람들은 흔쾌히 'ok' 사인을 보냈다.

잔디가 깔린 광장은 아주 넓었다. 평일 낮 시간이어서인지 어린 아이를 데리고 나온 엄마들과 남녀 커플만 몇 보일 뿐 인적이 드물었다. 신나리는 나무 그늘이 좋아 보이는 곳에 돗자리를 폈고, 사람들은 신발을 벗고 둥글게 모여 앉았다.

신나리는 엄예리에게 멀찍이 보이는 커플을 가리키며 말했다.

"예리 씨, 저기 좀 봐."

신나리가 가리킨 쪽에는 스무 살을 조금 넘겼을 것처럼 보이는 젊은 커플이 있었다. 서로 무슨 재미있는 일이 있는지 웃기도 하고 사진도 찍으며 즐거운 시간을 보내고 있었다.

"좋아 보인다. 나는 저 나이 때 왜 저런 낭만을 몰랐을까?"

엄예리는 신나리를 보며 말했다.

"왜요? 실장님도 아직 청춘인데, 연애하시면 되잖아요."

"내가 지금 연애하면 저 풋풋한 느낌이 안 나올 테니까 그렇지. 20대만의 느낌이라는 게 있잖아. 하, 좋을 때야 좋을 때."

둘의 대화를 듣고 있던 폴 코치가 입을 열었다.

"그런가요? 저는 사랑의 감정을 표현하는 데 있어서 나이는 큰 영향을 끼치지 않을 것 같다고 생각합니다. 스무 살의 사랑도, 서른 살의 사랑도, 환갑을 지나서의 사랑도 다 같은 풋풋함과 아름다움을 담고 있지 않을까요?"

유평화도 폴 코치의 의견에 살을 붙였다.

"네, 저도 동감입니다. 저는 결혼 23년차인데 아내와 다정하게 앉아서 책을 본다거나 손을 잡고 공원을 거닐기를 좋아합니다. 물론 아내는 항상 저보다는 아이들 일로 바빠서 데이트 신청을 해도 거절당하기 일쑤지만요."

유평화의 말에 사람들은 유쾌하게 웃었다. 심차근이 폴 코치에게 물었다.

"연애할 때는 어떻게 하면 상대방을 기쁘게 할 수 있을까 하면서 기념일을 챙기고 이벤트를 고민하던 사람들이 왜 결혼만 하면 친밀감이 떨어지고 대화가 안 되는 걸까요?"

폴 코치는 잠깐 생각하는 듯하더니 입을 열었다.

"음, 글쎄요. 부부의 친밀감은 서로 사랑한다고만 해서 얻을 수 있는 것이 아니기 때문 아닐까요? 연애를 할 때는 서로 자신의 의견보다 상대방이 원하는 것을 해주려고 노력을 하지만, 시간이 지나고 서로 익숙해지면서 자기가 하고 싶은 일이 우선이 되기 때문입니다. 결혼한 분들은 다 아시겠지만 관계를 몇 십 년이나 친밀하게 유지하려면 부단한 노력이 필요합니다. 진정한 소통도 이와 같습니다. 거저 얻는 것이 아니라 공부하고 노력하여야 얻을 수 있는 것이지요."

폴 코치의 말 중에 '소통'이라는 단어가 유평화의 마음에 파고들었다. 처음 이 코칭을 하고자 마음먹었을 때, BBC의 로빈 감독이 숙제처럼 남기고 간 이야기 역시 바로 이 소통에 대한 문제였다. 사실 우리가 기질이니 성격이니 이야기를 하면서 서로를 탐색해 왔지만, 마침내 당도해야할 최종 목적지는 바로 소통이다. '건강하게 소통하는 법'을 배우기 위해 여기까지 온 것이 아닌가!

마침 폴 코치도 사람들에게 "여러분은 '소통'을 뭐라고 생각하세요?" 하고 물었고, 바로 옆에 앉아 있던 심차근이 대답했다.

"정보를 공유하는 것이 소통의 기본 아닐까요?"

폴 코치는 고개를 끄덕이며 말했다.

"사실과 정보를 공유하는 대화는 소통의 시작이라고 할 수 있지요. '식사 하셨어요?', '사장님께서 부르세요' 등, 이런 대화는 사실을 이야기하기 때문에 서로 갈등이 없어요. 그래서 이런 대화를 우리는 안전 대화라고 하지요."

그때 백전진이 입을 열었다.

"생각과 아이디어를 나누는 것도 소통의 중요한 부분일 텐데, 그럼 이 소통은 안전하지 않은가요?"

"맞습니다. 서로의 생각이나 아이디어를 나누는 것은 한 등급 높은 소통이지요. 소통의 매우 중요한 부분인데 여기서부터는 갈등이 시작됩니다. 생각이나 아이디어는 기질이나 경험에 따라 다르기 때문이에요."

폴 코치의 이야기를 진지하게 듣던 신나리가 손뼉을 치며 말했다.

"그래, 맞아요! 그래서 우리가 제대로 된 회의를 못 했던 거였어요."

폴 코치가 고개를 끄덕이며 말을 이었다.

"맞습니다. 회의란 많은 사람이 자기 생각을 자유롭게 이야기하고 서로 나누어야 하는 자리입니다. 그런데 만약 젊은 사원이 의견을 꺼냈는데 권위가 높은 사람이 '그걸 말이라고 하나?'라고 찬물을 끼얹으면 어떨까요? 다시는 이야기하고 싶지 않겠죠. 그러면 갈등을 피하기 위해 낮은 등급의 안전 대화만 하게 됩니다. 예를 들어 대부분의 아이들이 사춘기를 지나면서 가정에서 입을 닫는 경우가 많습니다. 생각을 들어 주지 않는 부모로부터 상처를 받았기 때문에 안전 대화만 하게 된 것입니다."

폴 코치의 말에 심차근은 겉으로 내색하지는 않았지만 방망이로 한 대 맞은 기분이었다. 큰아들 생각이 난 것이다. 요즘 심차근의 큰아들은 사춘기가 왔는지 아무리 부드럽게 말을 걸어도 '네', '아니요', '괜찮아요'라는 말만 하고 방문을 쾅 닫곤 했다. 심차근은 그동안 그런 아들의 태도를 탓하며 '너만 사춘기를 겪는 것이 아니니 유난스럽게 굴지 말아라' 하고 말하곤 했는데, 좋은 방법이 아니었다는 것을 이제야 깨달았다. 아마도 아들이 그렇게 입을 꼭 닫은 것은 늘 원칙만 강요하는 자기 탓일 수도 있겠다는 생각이 들었다. 심차근은 아들과의 관계를 풀고 싶은 마음에 서둘러 폴 코치에게 물었다.

"그러면 건강한 소통을 하기 위해서는 어떻게 해야 할까요? 무엇부터 시작해야 할까요?"

폴 코치는 심차근을 향해 살짝 미소 지으며 이야기를 이어 갔다.

"상대방의 생각이 나와 맞지 않더라도 우선은 인정해 주어야 합니다. 억지로라도 한번 해 보세요. 누가 무슨 말을 하든 '그것 참 좋은 생각이야'라고 인정해 주는 것이지요. 서로의 생각이 달라도 화내지 않고 편하게 대화하는 기술을 가지려면 그 연습부터 해야 합니다. 다른 의견은 상대방의 의견을 인정해 준 뒤에 말해도 늦지 않아요. 그래야 듣는 사람도 기분 상하지 않고요."

"일종의 쿠션을 까는 거네요? 뛰어내려도 다치지 않을 만큼 푹신한 쿠션."

신나리가 말했다. 폴 코치는 고개를 끄덕이며 말을 이었다.

"생각을 교류하는 것보다 한 등급 더 높은 차원의 소통은 바로 감정을 나누는 것입니다. 여기서 등급이 높다는 것은 더욱 중요하다는 의미인 동시에 대화의 기술이 그만큼 더 필요하다는 거예요. 사실 우리나라는 감정 표현을 억제하는 것이 미덕이라고 생각해 오던 사회라서, 표현하는 방법을 제대로 배우지 못했습니다. 어떻습니까? 우리는 어릴 때 '외로워도 슬퍼도 나는 안 울어' 하는 만화의 주제곡을 들으며 자라 왔지요. '남자는 태어나 세 번만 우는 거다'라든가, '참는 게 미덕이다'라는 이야기를 한 번쯤은 들어 보지 않았습니까? 더구나 직장 내에서 감정을 표현하고 나누는 것은 정말 쉽지 않습니다. 회식 자리에서 술을 핑계로 감정을 표현하기도 하지만 전달이 잘 안 되는 경우가 대부분이지요. 그러다 보니 항상 감정을 억누르며 참고 있다가 어느 날 그것이 터지면 분노로 표출되곤 합니다."

사람들이 폴 코치의 목소리에 집중하고 있을 때, 이름 모를 새들이 서로 이야기를 주고받듯 지저귀는 소리가 경쾌하게 들렸다. 유평화는 '저 새들은 서로 무슨 소통을 하고 있는 걸까?' 하는 생각을 하다가 다시 폴 코치를 바라봤다.

"감정을 나누는 대화의 시작은 상대방의 감정을 공감해 주는 겁니다. 상대방이 표현한 감정을 '그랬구나' 하고 다시 말해 주는 것이지요. 내 감정을 표현할 때는 I-Message를 사용하도록 하고요."

폴 코치의 이야기는 계속 이어졌다.

"최상급의 대화는 서로 기분이 좋아지고, 힘든 상황에서도 용기를 얻고, 어려움을 극복할 수 있는 에너지를 주는 대화입니다. 그러므로 칭찬과 인정은 최상급의 대화입니다. 힘든 상황을 공감하는 데서 그치는 것이 아니라 동기부여하고 자신감을 불어넣는 대화입니다. 이렇게 소통하면 서로 기분이 좋아지고, 힘든 상황에서도 용기를 얻고, 어려움을 극복할 수 있는 에너지가 됩니다.

이러한 최상의 대화를 하기 위해서 우리는 상대방에게 관심을 가지고 그들의 생각과 감정이 어떤지, 또한 그들의 욕구는 무엇인지 생각해 볼 필요가 있어요. 그리고 그들의 강점이 무엇인지 알고, 무엇을 도와주면 그가 더욱 힘을 얻을 수 있는지 찾아내고 맞추어 주는 습관이 필요합니다. 제가 뭐 하나 보여드릴게요. 재밌습니다."

폴 코치는 가방을 뒤적거리더니 묵직한 뭔가를 꺼냈다. 세 개의 소리 굽쇠였다. 거기엔 각각 A, B, C라는 이름표가 붙어 있었다.

"이 소리굽쇠 중 A와 B는 같은 주파수를 가지고 있어요. C의 주파수는 다르지요."

설명을 마친 폴 코치가 소리굽쇠 A를 치자 파동이 전달되어 B에서도 소리가 났다. 잠시 후, A를 손으로 잡아 소리를 멈추었다가 다시 손을 떼자 A에서 저절로 다시 소리가 났다. B로 전달된 파동이 다시 A에게 돌아온 것이다. 눈에 보이지 않는 파동이 자신의 정체를 들킨 순간이었다. 사람들은 모두 흥미롭게 그 모습을 지켜보았다.

"A와 B는 서로 주파수가 같기 때문에 파동을 주고받았습니다. 이것을 공명이라고 합니다. 그런데 C에는 아무런 파동이 전달되지 않았지요? 주파수가 다르기 때문에 공명이 되지 않은 것입니다. 소통으로 치면 꽉 막힌 거죠. 그러나 A와 B는 소통했습니다. 여기에서 무엇을 알 수 있을까요?"

다들 고개를 갸웃하며 서로를 바라봤다. 그때 백전진이 머뭇거리며 작은 소리로 중얼거렸다.

"소통을 하려면 주파수가 맞아야 한다는 걸까요?"

폴 코치는 씩 미소를 지으며 말했다.

"백전진 과장님답지 않게 자신이 없네요. 그런데 아주 정확히 맞추셨습니다. 자신감을 가지세요. 우리가 서로 소통을 잘하려면 상대방에게 주파수를 맞춰야 한다는 것입니다. 소통이 잘 되면 서로 좋은 에너지를 주고받을 수 있습니다. 그러니 에너지 레벨이 올라가겠죠."

백전진은 다시 고개를 갸우뚱하며 질문했다.

"그런데 주파수를 맞춘다는 것이 뭘까요? 어떻게 해야 서로 주파수를 맞출 수 있죠?"

폴 코치는 아주 좋은 질문이었다는 듯 손으로 백전진을 가리키며 윙크를 했다.

"주파수를 맞춘다는 것은 나 중심적으로 생각하지 않고 상대방 중심적으로 생각하는 것입니다. 상대방이 원하는 의사소통 방식에 맞추는 것이지요. 내 생각과 감정보다는 상대방의 생각과 감정을 인정하고 공감하는 것, 그리고 상대방의 처한 상황을 이해하려고 노력하는 것입니다.

앞에서 이야기한 등급이 높은 대화들은 우리가 평소에 해보지 않은 대화입니다. 잘 쓰지 않는 언어이지요. 우리가 자주 쓰지 않은 언어는 외국어와 같습니다. 익숙하지 않기 때문입니다. 그러므로 좋은 대화를 하려면 무조건 외우고 많이 연습해야 합니다. 오늘 이렇게 탁 트인 공원으로 나오기도 했으니 모두 마음을 열고 허심탄회하게 나눠 보면 어떨까요? 첫째는 내가 듣고 싶은 말, 둘째는 내가 원하는 의사소통 방식에 대해서 말입니다. 이야기를 나눠 주신 분은 다음 사람을 지목하는 방식으로 차례를 이어 가도록 하지요."

언제나 그렇듯 이런 일에는 신나리가 빨랐다. 손을 번쩍 들더니 가장 먼저 입을 열었다.

"저는 어려움을 극복하고 빠르게 해결하려고 한 것이 조직에 큰 이익이 되었다는 인정을 받고 싶어요. 저는 디자인, 전시회 같은 것이 있으면 늘 가서 영감을 얻고 싶고, 새롭게 시도해 볼 수 있는 기회를 가질 수 있도록 해 주시면 좋겠어요. 새로운 영역이나 시대의 트렌드에 뒤떨어지지 않게 하기 위해서 배울 수 있도록 말이죠. 심 부장님은 어때요?"

지목을 받은 심차근은 잠시 머뭇거리긴 했지만 차분하게 자신의 이야기를 꺼냈다.

"글쎄요. 갑자기 이야기하려니 딱 떠오르지는 않지만, 조직을 효과적으로 유지하기 위해 한결같이 열심히 일하고 있다는 것을 인정받으면 좋 겠군요. 저는 계획대로 모든 일이 마무리가 되면 정말 기분이 좋습니다. 반대로 계획의 변화를 갑자기 알게 되면 적응이 힘들어요. 미리 알려 주 면 스케줄도 조정하고 마음의 준비도 할 수 있을 테니 좋을 것 같습니다. 또 그래야 제가 존중받는다는 느낌이 들 것 같아요. 의사소통 방식은, 미 리미리 구체적인 마감 날짜 등을 정확하게, 이왕이면 일을 세부적으로 나누어서 지시받으면 좋겠습니다. 그러면 일의 순서를 미리미리 정할 수 도 있고 계획을 세울 수 있어서 안심이 됩니다. 소통할 때도 마찬가지입 니다. 두서없이 이야기를 하면 머릿속이 하얘지기도 하거든요."

'미리미리'를 강조하면서 이야기를 마친 심차근은 한번 쭉 둘러보다 가 백전진을 가리켰다.

"제가 원하는 것은 세 가지입니다. 첫째, 저의 능력을 검증받고 싶습 니다. 한계치를 넘어선 목표를 이루어 내는 능력이요. 둘째, 업무의 효율 을 위해서 최소한의 감독과 절차만 있었으면 좋겠어요! 마지막은 '역시 전문가답다!'는 평가를 받고 싶습니다. 의사소통 방식은 먼저 일의 큰 목 표나 비전 같은 큰 그림을 이해하고 나서 제가 스스로 권위와 책임감을 갖고 일할 수 있는 환경을 만들어 주셨으면 좋겠습니다. 다음은 유평화 본부장님께서 말씀해 주십시오."

턱을 괴고 이야기를 꼼꼼하게 집중해서 듣던 유평화는 자세를 고쳐 잡고 자신의 이야기를 했다.

"저는 여태껏 조직의 일원으로 정체성과 가치, 그리고 조직의 화합과 성장을 위해 일해 왔어요. 언제나 관심은 '사람' 그 자체에 있었죠. 여러분도 서로에게 조금 더 관심을 갖고 사정을 헤아리길 바라요. 저는 회장님께 업무 지시를 받을 때도 일의 의미, 중요성을 먼저 이해하고 싶어 해요. 여러분에게 업무를 전달할 때도 마찬가지로 그 부분에 가장 중점을 두죠. 그래서 여러분의 결과물을 보고 가장 기쁠 때는 의미와 가치가 잘 표현되었을 때이고, 반대로 아무 가치도 모르고 기계적으로 한 일 같다는 생각이 들면 무척 실망스러워요. 이렇게 여러분과 함께 소통할 시간을 가진 것이 저는 무척 기쁘답니다. 그러면 이제 엄예리 과장이 남았나?"

유평화는 환하게 웃으며 엄예리를 가리켰다.

"저는 우리 디자인 팀이 처음에 정한 목표와 방법이 수시로 바뀌는 것 같아서 힘들 때가 있어요. 실장님의 빠른 통찰을 제가 따라가지 못한다는 자책이 들기도 하고요. 저는 일의 순서와 기한을 꼼꼼하게 관리하려고 하는데 아침에 와 보면 다시 스케줄을 바꿔야 할 때도 힘들어요. 그 와중에 팀원들에게서 조금씩 불만의 신호가 감지되면 저는 너무 마음이 쓰이고 집중이 잘 안 될 때가 있어요. 작은 범주의 일들이 그대로 실행되기를 바라는 것은 아니지만 큰 범주의 일은 기존의 프로세스대로 했으면 하는 바람이 있어요. 팀원들의 마음을 다독이는 일도 가치 있게 여겨졌으면 좋겠고요."

엄예리의 말이 끝날 때쯤, 어디선가 맛있는 음식 냄새가 나기 시작했다. 근처에 있던 아이들과 엄마들이 둘러앉아 도시락을 펼친 것이다. 폴 코치는 손목시계를 보며 말했다.

"어떤가요? 서로 소통의 주파수를 맞출 수 있을 것 같은가요? 그럼 우리 연습의 일환으로 점심 메뉴를 한번 정해 보는 게 어떨까요? 벌써 점심

시간이군요."

사람들은 일어나 돗자리를 걷으며 서로 좋아하는 음식 이야기를 나눴다. 백전진이 까르보나라 파스타를 좋아한다는 이야기에 다들 입을 다물지 못했고, 그런 사람들에게 백전진은 남녀차별을 당했다면서 억울해했다. 유평화가 "그런 의미에서 오늘 점심은 파스타로 할까요?" 하고 문자 신나리는 좋은 생각이라며 파스타 맛집을 검색했다. 사람들은 시원한 바람처럼 솔직하고 건강한 소통으로 속이 뚫리는 것 같았다.

 ep16。

사람의 장단점은
시각에 따라 달라집니다

레스토랑은 밟을 때마다 '삐그덕' 소리가 나는 나무 계단을 한참 올라가고 나서야 나타났다. 사방이 유리로 되어 바깥 풍경을 보며 식사를 할수 있는 곳이었다. 문제는 대기하는 줄이 길게 늘어서 있었다는 거였다. 심차근이 신나리에게 물었다.

"신나리 실장님, 예약 안 하셨습니까?"

"저 이 식당 아까 검색해서 찾은 거 보셨잖아요. 당일 예약은 안 된대요. 그래도 여기가 겉에서 보는 거랑 다르게 엄청난 맛집이라고 하니까 조금 기다릴까요?"

결국 패션사업부 사람들과 폴 코치는 대기표를 받고 순서를 기다렸고, 얼마 지나지 않아 직원의 안내를 받아 식당 안으로 들어갈 수 있었다.

사람들은 직원이 가리키는 자리에 앉으며 음식을 주문했다. 심차근은 주저하지 않고 봉골레 파스타를 주문했다. 식당으로 이동하는 중에 신선한 봉골레와 올리브오일이 어우러진 맛이 그만이라는 평을 미리 확인하고 왔기 때문이다. 모두가 저마다 음식을 고르는 동안 마지막까지 고르지 못한 사람은 신나리였다.

"흠, 고민이네. 오늘은 왠지 느끼한 게 안 당겨. 토마토소스로 할까? 어? 그런데 이건 뭐지? 퓨전 소스인가?"

신나리는 메뉴판 탐독만으로는 직성이 풀리지 않는지 주변을 두리번거리면서 다른 테이블 음식까지 분석하기에 이르렀다. 보다 못한 심차근이 입을 열었다.

"아까 실장님이 여기 봉골레 파스타 맛집이라고 하지 않았습니까? 원래 여기 올 때 그거 한번 먹어 보자고 한 거 아니었어요?"

"그랬죠. 근데 막상 와 보니까 뭔가 새로운 메뉴가 많아 보여요. 다른 식당에는 없는 여기만의 메뉴 말이에요. 퓨전 소스인 것 같은데, 궁금하지 않아요?"

신나리는 결국 봉골레 파스타를 주문했다. 심차근은 나긋한 목소리로, "소통에 대한 이야기가 나와서 말입니다만" 하고 말을 꺼냈다.

"저는 그동안 신나리 실장님을 보며 결정을 중간에 바꾸고 이랬다저랬다 하는 모습이 좋지 않아 보였거든요. 조직적이지 못하다는 이미지를 풍겼고, 일관성 없고, 무책임하게 느껴지기도 했던 것이 사실입니다. 하지만 폴 코치님과의 시간들을 통해서 제가 그동안 상대의 단점으로 생각한 것들이 오히려 장점일 수도 있겠다는 생각을 하게 되었습니다. 위기가 오면 빠른 결정을 내려야 하니 실행이 빨랐던 것이고, 급변하는 상황에 당황치 않고 그때그때 좀 더 좋은 방법으로 교체하는 필연적 과정이었던 거죠. 임기응변 능력이라고 할까요? 결국 장점과 단점은 내가 어떻게 바라보는가에 따라 달라질 수 있다는 생각이 드는군요."

갑작스러운 심차근의 이야기에 신나리는 고백이라도 받은 소녀처럼 부끄러워했다. 온도가 올라간 심차근의 목소리에서 따뜻함이 그대로 전해졌다. 더불어 폴 코치는 가슴 깊은 곳에서 보람을 느꼈다. 좋은 강의를 들었다는 백 마디의 인사보다도 더 행복해지는 진정성 있는 고백이었다.

"심차근 부장님이 그런 긍정적인 관점의 변화를 겪으셨다니 기쁩니다. 사실, 심차근 부장님이 예전에 바라보셨던 신나리 실장님에 대한 견해는 '관리자형'이 '행동가형'에 흔히 갖는 생각입니다. 보통 행동가형을 바라보는 주변 사람들의 시각은 기질에 따라 다릅니다. 같은 행동가형끼리는 서로를 높이 평가하는 경향도 있지만, 전략가형의 눈에는 비논리적으로 보이기도 하고, 가치와 비전에 대한 깊이가 없어 보이는 거죠. 반면, 이상가형의 눈에는 행동가형이 너무 냉정해 보이기도 합니다. 또, 무리하게 정당화시켜 자기가 원하는 것을 어떻게든 쟁취하려는 모습으로 보일 수도 있습니다."

심차근은 이야기를 잠잠히 듣고 있다가 입을 열었다.

"관리자형은 어떻습니까?"

"관리자형은 행동가형이 보기에는 융통성이 없고, 지나치게 보수적으로 보일 수 있습니다. 이상가형의 눈에는 비인간적으로 비춰질 수 있고 말이죠. 절차와 규범을 너무 강조하는 것으로 보이기 때문이죠. 또한 '왜

저 사람은 거시적으로는 보지 않을까?' 하는 의구심을 품기도 합니다. 전략가형에게 있어서 관리자형은 너무 관료적이며, 절차에 매여 있다는 생각을 갖게 합니다. 비전이 결여되어 있어 보이기도 하죠. 같은 관리자형끼리는 갈등이 보통 숨어 있습니다. 같은 유형이라는 것을 알기 때문에 부딪히는 것이죠."

때마침 음식이 나왔다. 각자가 주문한 대로 음식이 놓였고, 엄예리는 모히또를 한 모금 마시더니 청량감에 만족한 듯 눈을 감았다. 그런 엄예리를 보고 신나리가 말했다.

"예리 씨는 모히또가 마음에 드나봐? 모히또 마시러 몰디브라도 갈 기세인데? 왜 무슨 영화에서 나오잖아. '모히또에서 몰디브 한잔?'"

자기가 한말이 우스운지 신나리는 큭큭거리며 웃었다. 엄예리도 재미있는지 웃으며 이야기했다.

"모히또 때문은 아니지만 나중에 결혼하면 신혼여행은 꼭 몰디브로 가고 싶기는 해요."

백전진은 엄예리의 말에 빙그레 웃으며 말했다.

"그런데 엄밀히 따지면 모히또는 몰디브 음료가 아닙니다. 쿠바의 전통 음료이고, 헤밍웨이가 사랑했던 칵테일로 유명하죠."

엄예리는 몰랐다는 듯 큰 눈을 더 크게 뜨며 백전진을 바라봤다.

"그랬군요. 몰랐어요. 그리고 보면 백 과장님은 참 박식하신 것 같아요. 평소에도 무슨 메모를 그렇게 하세요? 아까도 뭔가를 적으시던데?"

사실 백전진은 늘 갖고 다니는 노트가 있었다. 다만 안에 글씨는 누구도 알아보지 못할 정도였다. 이야기를 그대로 받아 적기보다는 자신만의

도표와 그래프로 개념화해서 기록했기 때문이다. 필기라기보다는 스케치에 가까운 모습이었다.

"전략가형은 행동가형의 눈에 너무 이론적이어 보입니다. 현재가 아닌 미래에 사는 사람 같지요. 관리자형이 보기에는 관례나 절차, 정책을 무시하는 모습이 도전적이게 보이면서 불만이 커질 수 있겠죠. 처음 제시한 기준을 계속 높여 나가는 전략가형 리더와 일하는 관리자형 팀원은 지치게 마련이고요. 같은 전략가형이 보기에는 아이디어와 능력을 가진 적임자로 높이 평가합니다. 그리고 이상가형은 늘 좋은 생각을 제시해 주는 전략가형에게 비전이 있어 보여 높이 평가하지만 인간적인 문제를 무시하는 것이 아쉽다고 생각합니다."

마침 유평화가 "드시고 하시죠" 하고 폴 코치에게 식사를 권했다. 폴 코치는 감사하다는 눈인사를 하며 식사를 시작했다. 그리고 어느 정도 식사가 마무리될 때쯤 다시 입을 열었다.

"유평화 본부장님이 아니었다면 밥 먹는 것도 잊고 이야기만 하다가 갈 뻔했군요. 감사합니다. 이런 부분이 이상가형들의 장점이겠죠?"

유평화도 폴 코치에게 감사의 눈인사를 했다.

"사실 인간미가 넘치는 이상가형을 마다할 사람은 없을 것 같지만 회사가 일터이다 보니 서로 간에 품는 편견은 이상가형에게도 존재합니다. 같은 이상가형은 친절, 온정, 따뜻함에 이끌리면서도 현실적인 감각이 부족해 보여서 실질 업무에는 도움이 안 된다고 생각하기도 합니다. 행동가형은 비현실적이고, 사람에게만 관심을 기울이고, 결단력이 부족한 이상가형을 답답하게 느낍니다. 관리자형이 볼 때는 부드럽지만 산만하고 황당한 계획을 세운다고 보기 십상이지요. 일관성이 없으니 최종 결과를 만들지 못하는 사람이라고 여기기도 하고요. 전략가형은 원대하고 거시적 견해를 가진 이상가형을 존경하는 마음을 갖지만 일의 결과를 내기 보다는 사람의 마음이 다칠까봐 전전긍긍하는 부분이 늘 걸림돌이 된다고 여깁니다. '회사가 동아리 활동인가?' 하고 한숨을 쉬는 것이죠. 비논리적, 너무 이상적이라고 걱정을 합니다."

식사를 마친 뒤, 사람들은 다시 나무 계단을 내려와 식당을 벗어나는 동안 생각에 잠긴 듯 아무 말도 없었다. 우리가 특정한 성격 안에서 서로를, 일을, 세상을 바라볼 수밖에 없다는 한계를 알게 된 것인데도 기분은 이상할 만큼 홀가분했다. '나는 언제든 편견을 가질 수 있다'고 생각하기 시작했다는 것은 진정한 소통의 진정한 첫걸음을 뗐다는 뜻이기도 했다.

ep17.

나를 이렇게 바라봐 달라고

요청합시다

식사를 마친 일행은 공원이 한눈에 보이는 전망대 카페로 자리를 옮겼다. 각자 취향에 맞게 차를 시킨 후에 자리에 앉자 폴 코치는 가방에서 하얀색 폼보드를 꺼냈다.

"이 폼보드에 우리의 '또 하나의 이름표'를 만들어 봅시다. 타이틀도 정해 보고 그 아래에 구체적으로 존중받고 싶은 욕구에 대해서 자유롭게 써 봐도 좋습니다."

사람들은 한 명씩 폼보드를 받아들었다. 그러나 당장 펜을 들고 적는 사람은 없었다. 그때 신나리가 손을 들고 말했다.

"그러니까 '나를 인정해 주세요, 나를 존중해 주세요' 하고 쓰는 건가요?"

"그렇다고 할 수 있죠. 하지만 사람들마다 존중받는다고 느끼는 기준이 다르기 때문에 무작정 '존중해 주세요'라고만 해서는 상대방은 알 수 없습니다. 그러니 '나의 욕구'에 대한 이름표를 만들어 보는 겁니다. 앞으로 회사에서 만날 사람들에게 '편견은 넣어 두고 이제는 나를 이렇게 바라봐 주세요' 하고 직접적으로 요청해 보는 거죠. 폼보드는 큰 것을 드렸으니 원하는 것을 마음껏 적어 보시고 작성하신 것을 함께 나누겠습니다."

사람들은 그제야 고개를 끄덕이며 폼보드에 이것저것 적기 시작했다. 시간이 지나고, 모두가 작성을 마친 것을 확인한 폴 코치는 제일 먼저 이상가형인 유평화를 지목했다. 유평화는 폼보드를 사람들 쪽으로 보여 주었다. 타이틀은 '햇살처럼 따스하고 진실한 말 한마디'다.

"제게는 온전하고 싶은 욕구가 있습니다. 안과 밖이 오롯이 일치하는 삶을 살고 싶습니다. 행동에서도 윤리적인 기준이 높아서 스스로에게도 엄격한 잣대를 들이댑니다. 그러다 보니 모두를 진실하게 대하려고 노력합니다. 저는 이것이 진정한 몸과 마음의 일치이며 온전함이라 믿기 때문에 이것이 깨질 때 욕구 불만 상태가 됩니다. 저는 '내가 이 회사에 반드시 있어야 할 중요한 이유가 있는가?' 습관적으로 스스로에게 되묻습니다. 일에서는 먼저 '그 일을 왜 하려는지, 무슨 생각에서 시작했는지'와 같은 개념이 잡혀야 구체적인 생각이 떠오르기 때문에 회장님께서 세부적인 내용부터 설명해 주시면 오히려 그 일을 하기가 힘들어집니다. 회장님께서는 자세히 알려 줬는데도 그대로 하지 않는다고 역정을 내시기 일쑤죠. 정작 저에게 필요한 것은 '진심으로 따뜻한 말 한마디'입니다. 그 한마디가 마음을 녹이고 살리기도 합니다.

한번은 이런 일도 있었죠. 결혼기념일이었어요. 장미로 식탁을 장식하

고, 꽃잎을 따서 아내가 걸어 들어오는 길에 뿌려 놓았어요. 23년 전 결혼식 신부 입장할 때, 아내 앞에서 조카들이 꽃잎을 뿌려 주었거든요. 아내가 그 꽃잎을 보며 그때의 기억을 떠올리고 기뻐할 거라는 기대로 가슴이 두근거렸습니다. 그런데 장을 보고 들어온 아내는 들어오자마자 '집이 이게 뭐야? 바닥에 이 쓰레기는 다 뭐야? 당신은 주말이라도 청소 좀 도와주면 안돼?' 하며 아이들이 간식을 먹고 버린 과자 껍질과 함께 꽃잎을 치우더군요. 어질러 놓은 장난감과 휴지조각 사이에서 꽃잎이 쓰레기로 보였을 거라는 생각을 미처 못 했던 거죠."

유평화의 이야기에 신나리는 배를 잡고 웃었다. 다른 사람들도 웃느라 눈물까지 글썽거렸다. 이번에는 행동가형 신나리의 차례다. 타이틀은 '자유로운 영혼, 알바트로스'다.

"저는 높이 날아오르고 싶어요. 더 많은 것을 보고 싶고 더 자유롭고 싶어서요. 알바트로스는 '창공을 가르는 자유로운 영혼'이라는 뜻이고, 지구상에서 가장 높이, 멀리 나는 새래요. 저는 뭔가 새로운 것을 향한 동경이 있고 그 일을 시작할 때 정말 즐거워요. 그래서 실천도 빠른가 봐요. 순서와 절차를 중요하게 생각하시는 심 부장님이 보시기에는 충동적이어 보일 수도 있겠지만요. 사실 저도 이런 부분을 고쳐 보려고 했어요. 아침에 양치를 하다가 세면기가 더러워진 것을 보고 칫솔을 입에 문 채로 욕실 청소를 한 적도 있으니까요. 그렇지만 그걸 고치려고 하면 할수록 스트레스만 쌓이더라고요. 그게 욕구 불만에서 오는 스트레스 같아요.

또 저에게는 남에게 좋은 것을 주고 싶은 욕구가 있어요. 그래서 갑자기 사무실 분위기를 바꾸기 위해서 자리를 옮겨 보기도 하고 기대하지 못했던 선물을 주기도 해요. 한번은 예리 과장이 시즌 전략 보드를 밤새 만드느라 고생하는 것 같기에 뭐라도 돕고 싶은 마음에 책상에 올려둔 잡지 사진들을 오리고 있었어요. 그런데 나중에 사무실로 들어온 예리 과장 얼굴이 하얗게 질리는 거예요. 알고 보니 잡지를 컨셉과 순서에 맞게 정리하느라 밤을 새웠는데 제가 순서 없이 가위질을 해대고 있으니 질겁한 거죠. 늘 이런 식이에요."

엄예리는 신나리를 보며 말했다.

"그래도 도와주시려고 그러신 거잖아요. 감사하게 생각했어요."

관리자형 엄예리는 자신의 폼보드를 수줍게 들었다. '작지만 강한 배려의 힘'이라고 적혀 있었다.

"저는 사람들을 잘 보살피고 섬기지만 정작 다른 사람이 저에게 그렇게 해준다고 느낀 적은 별로 없었던 것 같아요. 책임감을 무척 중요하게 여기기 때문에 약속한 것을 지키려고 희생을 감수하는 저와는 달리 약속을 잘 지키지 않는 친구들이 야속했어요. 저의 배려와 헌신을 소중하게 여겨 주는 사람에게는 더 많은 것을 주고 싶지만, 대수롭지 않게 여기거나 받기만 하려고 하는 사람은 얄미워요. 괘씸한 생각이 오래 남아요."

엄예리의 이야기를 인상 깊게 듣고 있던 같은 기질의 심차근은 자신의 폼보드를 보여 주었다. 그가 쓴 문장은 '흔들리지 않는 주춧돌'이었다.

"엄 과장님의 이야기에 공감이 됩니다. 사람들과 좋은 관계를 유지하면서 느끼는 소속감은 저에게 무척 중요합니다. 서로를 챙겨 주고 보살펴 주는 것이 소속감을 누리는 저의 방법인데, 폴 코치님과의 만남을 통해 그동안 저에게 어떤 결핍이 있었는지 알게 되었습니다. 행동가형은 자기 일에 바쁘고, 전략가형은 자기 성취만을 중요하게 여기고, 이상가형은 눈에 보이는 보살핌보다는 삶의 의미를 중요하게 여기니 저는 제가 초라한 짝사랑을 하고 있다는 생각을 자주 가졌던 것 같아요.

또 저는 주변을 안정시키느라 늘 제자리를 찾아 주려고 하는데, 어느새 제멋대로 흐트러져서 주변이 정리가 되어 있지 않은 상황이 되는 게 가장 견디기 힘듭니다. 더 힘든 것은 몇 번이나 이야기했던 것 같지만, 역시 약속을 어기거나 시간에 늦는 것입니다. 저는 그 시간을 맞추기 위해 만사를 제쳐 놓고 지키려고 하거든요. 마감 시간에 쫓기는 것은 저의 안정 욕구를 깨뜨리기 때문에 미리 일을 해 놓는 편입니다. 갑작스럽게 생기는 일이나 마감 시간을 제대로 안 지키는 사람이 있으면 굉장히 힘듭니다. 계획이 중간에 갑자기 바뀌어 예측이 안 되는 일을 해야 하거나, 감당할 수 없을 것 같은 무리한 일을 해야 할 때면 마음이 불안해지고 안절부절못하죠. 제가 원하는 방식으로 일을 하지 못하게 될 때에도 마찬가지입니다. 미리 계획하지 않은 대로 갑자기 요구하거나 바꾸라고 하면 마음속에서 저항이 생기곤 합니다. 하지만 미리 계획된 일들은 밤을 새워서라도 해내는 주춧돌 같은 면모도 있으니 참고해 주세요."

마지막으로 전략가형 백전진의 차례다. 그는 사람들에게 '저 높은 것을 향하여'라고 적힌 폼보드를 들어서 보여 주었다.

"저는 항상 지금보다 더 잘하고 싶습니다. 더 큰 성취감을 느끼고 싶어요. 저도 친구들이나 가족을 소중히 여기는 마음이 있지만, 사적인 대화를 하는 데는 도무지 재능이 없는 것 같습니다. 저도 압니다. 먼저 마음을 열기 위해서는 편안한 대화로 시작해야 한다는 것을요. 하지만 일하러 왔는데 일과 직접적인 관련 없는 사적인 이야기를 하면 귀에 들어오질 않습니다. 저는 언제나 능력을 더 키워야 한다는 생각, 더 알아야 힘이 생긴다는 생각으로 가득합니다. 얼마 전 동창이 저에게 그러더군요. '너를 보면 예전부터 어떤 순간에도 기죽지 않고 자기 꿈을 향해 걸어가는 모습이 멋있게 느껴졌어. 조그마한 위기에도 가슴 졸이는 대부분의 사람들과는 달리 너는 참 꿋꿋하더라'라고 말이죠. 조금 쑥스럽긴 했지만, 그렇게 말해 준 친구에게 고마웠어요. 저 말은 오랫동안 제 기억에 남아서 제가 힘든 순간마다 용기를 불어넣어 줬거든요."

폴 코치는 백전진에게 장난기 어린 표정으로 물었다.

"그 말을 했던 동창이 혹시 여자 분이었나요? 그건 사랑 고백인데?"

백전진은 괜스레 뒤통수를 긁으며 말했다.

"여자는 맞는데, 사랑 고백은 아닌 것 같습니다. 왜냐하면 뒤이어 이렇게 말했거든요. '그런데 넌 왜 꼭 궁금한 것이 있어서 물어보면 그것도 몰랐냐는 듯 무시하는 눈빛을 하고 얘기해 주는 거야? 항상 자신만만한 건 좋지만 그건 정말 못 참겠어! 너 잘났다, 잘났어!' 하고 말이죠."

엄예리는 무언가 큰 깨달음을 얻었다는 듯 손뼉을 치며 말했다.

"어머, 그 동창 분. 제가 하고 싶은 말을 꼭 집어서 해 주셨네요. 저도 그동안 딱 그 말을 속으로 백 번도 넘게 외쳤는데 말이에요. 다행히 이제는 백 과장님의 왕성한 지적 욕구와 진취적인 사고방식 때문에 그렇게 보였다는 것을 알고 오해가 풀렸지만요."

오후로 넘어가는 낮은 햇빛이 패션사업부 사람들을 비추었다. 밝게 웃고 있는 사람들의 얼굴이 마치 무지갯빛으로 빛나는 것 같았다.

진정성이 전달되면 공명이 일어난다

  기업에서 소통은 매우 중요한 주제이다. 어느 대기업 임원은 직원과 소통이 안 되는 것이 가장 큰 고민이라고 하였다. 구체적으로 말해 달라고 부탁했더니, 그 임원은 "직원이 내 말을 못 알아듣습니다"라고 했다. 그것은 소통이 아니라 설득이고 지시이다.

  소통은 한자로 '疏通'이라고 쓴다. 막히지 않고 잘 통한다는 뜻이다. 소통의 사전적 의미를 보면 '생각이나 뜻이 잘 통하여 오해가 없음'이라고 나와 있다. 결국 소통이 잘된다는 것은 두 사람 사이의 생각이나 의도가 잘 전달되어 오해와 갈등 없이 한마음이 된다는 것이다. 두 사람 사이에 진정성이 전달되면 마음에도 공명이 일어난다.

  소통이 잘 안 되는 이유는 우리의 듣는 기술이 부족할 뿐 아니라 상대방에 대한 선입견이라는 필터를 가지고 듣기 때문이다. 그래서 상대방의 의도를 제대로 파악하지 못하는 것이다.

  기업의 리더는 남의 말을 잘 들을 수 있어야 한다. 상대방이 말하는 기술이 부족하여 제대로 표현하지 못하더라도 그 사람이 말하고자 하는 생각이나 의도의 맥락을 알아차려야 한다. 그러려면 상대방의 성격이나 기질에 대해 많이 알고 있어야 한다.

  말을 할 때도 내가 전하고자 하는 생각이나 의도를 명확하게 전달할 수 있어야 한다. 그냥 전달만 하는 것이 아니라 그들도 나와 같은 생각을 하고 나와 한마음이 되게 만들어야 한다. 그러기 위해서는 진정성을 가지고 상대방의 마음을 얻어야 한다. 상대방이 나의 생각과 선한 의도를 몰라준다고 섭섭해 할 필요 없다. 그것은 '남 탓'을 하는 것이다. 리더는 절대로 남 탓을 하면 안 된다. 내 의도를 정확하게 전달하는 것은 언제나 리더의 몫이다.

아리스토텔레스는 설득의 3요소로 '로고스, 파토스, 에토스'[15]를 들었다. 특히 에토스를 강조했다. 말하는 사람의 매력, 성품, 카리스마, 진실성 등을 통해 신뢰를 얻어야 한다는 것이다. 물론 그 말도 이해는 된다. 하지만 이 시대에서는 상대방의 기질과 상황에 맞추려는 파토스가 더욱 중요하다. 상대방을 잘 알지 못하면 설득은커녕 대화도 어렵기 때문이다. 그래서 우리는 건강한 소통을 위해 상대방의 기질, 강점, 욕구 등을 이해하는 것이 중요하다.

직원이나 가족에게 화를 많이 내는 리더들이 많다. 그들은 직원들에게 따끔하게 화를 내야 더 성과가 난다고 말한다. 분명한 것은 그들은 화를 내는 것 이외의 다른 소통의 방법을 알지 못하고 있다는 것이다. 물론 화를 내야 더 잘하는 사람들도 있을지 모른다. 때로는 화를 내는 것이 필요할 수 있다. 하지만 그것은 리더가 사용해야 할 소통의 방법들 중에 하나일 뿐이며, 전부가 되어서는 안 된다. 화내지 않고도 얼마든지

---

15 에토스는 화자의 인격과 신뢰감, 파토스는 청중의 욕구나 정서 등을 이해하는 것, 로고스는 논리적이고 이성적으로 주장하는 것을 뜻한다. 아리스토텔레스는 누군가를 설득하려면 이 세 가지가 필요하다고 말했다. 즉 청중이 신뢰할 만한 화자가 논리적이고 이성적인 메시지를 통해 청중의 공감을 얻어야 설득할 수 있다는 뜻이다.

직원들의 성과를 높이는 방법이 있다. 단지 모르고 있을 뿐이다. 특히 요즘 젊은 세대와 함께 일하기 위해서는 과거의 방식으로는 쉽지 않다.

그래서인지 요즘 많은 기업에서 코칭 리더십을 도입하기 위하여 많은 투자를 한다. 비즈니스 코칭에서 이야기하는 대화의 기술을 배우려는 것이다. 일반적으로 비즈니스 코칭에서는 다섯 가지 대화의 기술을 이야기한다. 첫째, 맥락적 경청 기술, 둘째, 나의 판단이나 비난이 없는 깨끗하고 중립적인 언어를 사용하는 기술, 셋째, 좋은 질문을 통해 상대방의 생각을 바꾸는 기술, 넷째, 인정(지지적 피드백)으로 상대방을 동기 부여하는 기술, 다섯째, 상대방의 행동을 바꾸는 교정적 피드백의 기술이 그것이다.

하지만 대화의 기술에 앞서 가장 중요한 것은 신뢰 관계를 구축하는 것이다. 신뢰 관계가 없으면 아무리 현란한 코칭 언어를 사용한다고 해도 상대방에게 아무런 영향을 줄 수가 없다. 그러기 위해서는 나 중심적 사고에서 상대방 중심적 사고로 전환해야 한다. 나의 주파수로 이야기하는 것이 아니라 상대방의 주파수에 맞추어 대화하는 것이다. 그래야 진정성이 전달되고 대화에 공명이 일어난다.

상대방에게 주파수를 맞추기 위해서는 먼저 그 사람의 기질이나 소통 스타일을 이해해야 한다. 앞에서 언급한 네 가지 기질의 소통하는 방식을 정리하면 다음과 같다,

네 가지 기질의 의사소통 스타일

기질	특징	부작용
행동가형	·빠르고 편하게 대화한다. ·생각하는 것보다는 행동에 초점을 둔다. ·미래보다는 현재에 관심이 있다.	·대화가 산만해지거나 너무 앞서 갈 수 있다. ·냉소적으로 변하기 쉽다.
관리자형	·구체적이고 꼼꼼하고 순서에 맞게 이야기한다. ·분석적이고 계획적이다. ·권위 및 질서를 중요시한다.	·완벽주의자처럼 비판적이 된다. ·보수적이고 완고해진다.
전력가형	·토론을 좋아하고 직접 화법을 구사한다. ·개념, 이론, 원리, 아이디어 및 독창적인 것에 매 료된다. ·현재보다는 미래에 관심을 둔다.	·상대방 감정에 둔감하다. ·호전적인 태도를 보인다.
이상가형	·의미, 가치, 온전함을 중시한다. ·사람에 대한 관심으로 관계 중심의 대화를 한다. ·큰 그림의 이해가 선행된다.	·디테일이 약하고 애매모호하다. ·우유부단해 보인다.

경청은 상대방에 대한 존중이다

유독 누군가의 이야기를 잘 들어 주는 사람이 있다. 그런 사람과 대화
하면 신뢰받고 존중받는다고 느낀다. 그래서 그를 신뢰하게 되며 마음
속에 있는 말을 많이 하게 된다. 결국 경청을 하면 상대방의 마음을 얻
을 수 있다. 그러므로 경청 기술은 마음을 얻는 기술이라고 할 수 있다.

경청은 상대방에게 존중을 표현하는 것이다. 따라서 태도가 중요하
다. 겸손하고 다소곳한 모습으로 상체를 앞으로 약간 기울이고 눈을
마주 바라보아야 한다. 경청할 때는 온 마음을 다하여 상대방의 말을

들어야 한다. 상대방의 말에 추임새를 넣듯이 맞장구치는 것도 잘 듣고 있다는 것을 보여 주는 좋은 방법이다. 상대방의 말을 들으며 다른 것에 마음을 빼앗겨서는 안 된다. 대답할 말을 생각하거나 딴 생각이 들면 더 이상 들을 수가 없다.

만약 대화 중 전화를 받는다면 그것은 상대방에게 '지금 전화나 문자를 한 사람이 당신보다 더 중요하다'는 메시지를 분명하게 알려 주는 행동이다. 상대방의 말을 중간에 끊고 내가 하고 싶은 말을 해서도 안 된다. 그것은 상대방은 틀렸고 내가 맞다는 메시지를 전하는 것이다. 그런 일이 반복되면 상대방은 존중받지 못한다고 느껴 더 이상 대화를 하지 않으려 한다.

미국의 유명한 심리학자 알버트 메라비언(Albert Mehrabian) 박사는 언어를 통해 전달되는 것은 단 7퍼센트밖에 되지 않는다고 했다. 그밖에 화자의 어조, 억양, 음성 등을 통해서 38퍼센트, 비언어적인 몸짓을 통해서 55퍼센트가 전달된다고 한다. 다시 말해, 대화를 함에 있어 말로 표현되는 것은 극히 일부이다. 겉으로는 말하지 않았지만 그 속에 담긴 말, 즉 숨은 생각이나 감정, 숨은 욕구를 알아내는 것이 중요하다. 이것이 맥락적 경청이다.

사실 우리는 경청의 기술을 이미 알고 있다. 연애할 때 상대방의 말에 경청하지 않는 사람은 드물다. 회사에서 사장님이나 회장님의 이야기를 들으며 경청하지 않는 사람도 없다. 결국 기술이 없어 경청하지 않는 것이 아니라 상대방을 중요하게 생각하지 않아서 경청하지 않는 것이다. 상대방보다는 다른 일이 더 중요해서 경청하지 않는 것이다.

'업무 처리할 시간도 부족한데 언제 시간 내어 직원 이야기를 경청하느냐?'고 하소연하는 리더들이 많다. 그러나 꼭 많은 시간을 낼 필요는 없다. 15~30분이면 충분하다. 만약 대화를 요청하는 직원이 있다면 '미안하지만 지금 내가 15~30분밖에 시간을 못 내니 그 시간 안에 할 수 있는 이야기인가' 물어보고, 그 시간 동안 정성을 다해 들어 주면 된다. 정말 중요하고 급한 일을 처리해야 한다면 찾아온 직원에게 잠시 기다리라고 하거나 다른 시간에 오라고 할 수도 있다. 중요한 것은 상대방을 존중하는, 진정성이 담긴 마음이다.

> 신비로운 치유의 맞장구
> "방금 그 이야기를 더 이어 나가 보세요. 아주 흥미롭습니다."
> "다시 한번 이야기해 보시겠어요? 저도 그런 적이 있습니다."
> "우리 뭔가 통하는 것 같군요. 저도 비슷한 생각을 한 적이 있습니다."

피드백을 통해 성장을 돕는다

만약 직원이 잘못된 방향과 생각으로 업무를 진행하고 있다면 '교정적 피드백'을 해 주어야 한다. 교정적 피드백은 상대방의 성장을 위해 내가 관찰하고 느낀 것을 명확하고 솔직하게 전달하는 것이다. 즉 해야 할 말을 기분 나쁘지 않게 하는 것이라 할 수 있다.

많은 리더들이 교정적 피드백을 주는 것을 힘들어서 맘고생하기도 한다. 어렵게 시도하다가 잘못하여 신뢰 관계가 틀어지고 상처 주는 일도 다반사다. 상처 받을까 봐 돌려서 이야기했는데 상대방은 전혀 눈치도 못 채는 경우도 있다. 그래서 교정적 피드백이 아니라 '학대적 피드백', '헛수고 피드백', '무의미한 피드백'이 되기도 한다.

직원들은 상사의 피드백을 먹고 성장한다. 미국의 경영학자 피터 드러커(Peter Ferdinand Drucker)는 "인류가 발전할 수 있는 가장 효과적이고 유일한 방법은 오직 피드백뿐이다"라고 말했다. 고쳐 주어야 할 것이 있는데 아무 말도 하지 않고 있다가 더 이상 달라지지 않으니 그만두라고 이야기하는 상사는 직무유기를 한 것이다. 피드백을 통해 직원을 성장시키는 일은 리더의 가장 중요한 책무 중에 하나이기 때문이다.

교정적 피드백을 하기 전에 반드시 30분에서 한 시간 정도의 시간을 내어 준비하기를 권한다. 이때 가장 중요한 것은 나의 마음가짐이다. 내 화풀이를 하려고 하지 말고 상대방의 성장을 위해서 말해 주어야 한다.

교정적 피드백을 위해 준비하는 시간에 몇 가지 정리할 것들이 있다. 먼저 상대방을 인정하고 칭찬하기 위해 잘한 일들을 찾는 것이다. 이 과정을 통해 신뢰를 확인하고 상대방의 마음을 부드럽게 열어야 교정적 피드백이 제대로 전달된다. 또한 상대방의 기질과 의사소통 방법에 대해서도 다시 한번 확인하는 것이 좋다. 그에 따라 어떤 식으로 말하는 것이 가장 좋을지 미리 구상해 보고 가는 것이다.

인정과 칭찬은 많은 사람이 들으면 더욱 효과가 있지만, 교정적 피드백은 반드시 다른 사람이 듣지 않는 장소에서 일대일로 하는 것이 좋다. 그리고 해 주어야 할 말이 생기면 가능한 한 즉시 하는 것이 좋다. 너무 오랜 시간이 지나면 효과가 떨어진다.

교정적 피드백의 순서는 아래와 같이 하는 것이 바람직하다. 물론 상황에 따라 얼마든지 달라질 수 있다.

1) 약속을 잡는다. 바쁜 상황에서는 상대방의 마음이 준비되지 못할 수도 있다.

2) 인정과 칭찬을 많이 해 주어 마음을 연다.

3) 피드백을 할 것이 보였는데 들어 보겠느냐고 동의를 구한다. 이때 들을 준비가 되지 않은 것 같으면 더 이상 진행하지 않는다.

4) 내가 관찰하고 느낀 것을 사실에 근거하여 명확하게 중립적 언어로 이야기한다. 그리고 그것이 줄 수 있는 나쁜 영향에 대한 나의 생각도 전달한다.

5) 나의 피드백에 대한 상대방의 생각을 물어보는 것이 중요하다. '당신은 이 부분에 대해 어떻게 생각하느냐?'고 말이다. 이때 상대방이 동의할 수도 있고 변명 및 반발을 표현할 수도 있음을 기억하자. 반발할 경우 더 이상 피드백은 의미가 없을 수도 있다.

6) 상대방이 동의하는 경우에는 어떻게 달라지고 싶은지, 또 달라지기 위하여 무엇을 바꾸고 무엇을 실행할지 등을 물어보아 스스로 실행하게 코칭해 주어야 한다. 물론 상사로서 도와주어야 할 것들도 물어보아야 한다.

7) 상대방이 동의하지 못하는 경우에는 내가 상대방에게 원하는 기대치를 기한을 정하여 명확하게 이야기하는 것도 좋은 방법이다.

'언제까지 어떤 부분이 고쳐지기를 원한다'고 말이다.

8) 마지막으로 '지금까지 잘해 왔으니 앞으로도 잘할 것이다'라고 말하는 등의 신뢰의 표현과 동기부여도 필요하다. 결국 변화는 그 사람의 몫이지 내가 해줄 수 있는 것이 아니기 때문이다.

소통의 시스템

쓰레기는 버린 사람이 주워야 한다. 그러나 당연한 이야기지만 쓰레기를 버린 사람은 줍지 않는다. 주울 거라면 버리지도 않았을 것이다. 그러면 이제 남은 사람들끼리 이야기한다. 저 쓰레기는 누가 주울 것인가? 나이가 제일 많은 사람? 나이가 제일 적은 사람? 힘이 제일 센 사람? 힘이 제일 약한 사람?

회사에서는 이런 경우가 많다. 역할을 비교적 명확하게 구분 짓고 있는 집단이지만 그럼에도 불구하고 역할과 책임이 불분명한 사각지대에 놓인 일들이 생각보다 많다. 조직과 팀은 이렇듯 누구의 책임도 아닌 일을 남겨 두지 않으려고 시스템 구축과 R&R(Role and responsibility)에 열을 올린다. 하지만 그 사각지대에 놓인 일들은 반드시 생기기 마련이다. 그런 이유로 세부적인 시스템과 병행되는 것이 기본적인 조직의 철학을 세우는 일이다.

소통에 관해서도 마찬가지다. 원활한 소통을 위해서는 시스템이 필요하다. 우리는 같은 한국어를 사용하는데도 도통 서로 이해하기 힘들

때가 있다. 그보다 더 안 좋은 상황은 잘못 알아듣고 엉뚱한 일을 하고 있는 경우다. 밤새 작업한 결과물이 알고 보니 불필요한 일이었다면 얼마나 억울하겠는가! 이럴 때는 아래와 같은 의사소통 시스템[16]을 세워 보라. 어디까지나 예를 든 것일 뿐 조직의 특징에 맞게 활용하고 새롭게 만들어 볼 수도 있을 것이다.

소통시스템	방법	효과
디브리핑	방금 자신이 받은 요청을 자신이 이해한 대로 다시 말해 준다.	뜻이 제대로 전달되었는지 상호 점검할 수 있다.
당일 리턴콜	그날 받은 고객, 상사, 동료의 요청에는 그날 반드시 피드백을 준다.	피드백을 받은 사람은 일의 진행 상황을 명확하게 알 수 있다.
30% 피드백	일이 30퍼센트 정도 진행된 시점에 결과물을 공유한다.	진행 상황이나 보환점 등을 상호 점검함으로써 원하는 결과물을 내기 위한 소통이 가능하다.
기대 수준 (정량, 정성)	상사는 업무의 결과물에 대한 기대 수준을 명확하게 숫자와 의미적으로 전달한다.	업무의 경중에 대한 인식이 명확하여 에너지를 낭비하지 않을 수 있다.
체크 리스트	일의 진행 시, 언제 어떤 방법으로 체크할 것인지 미리 정해 놓고 실행한다.	일의 상황을 체크하기 위한 불필요한 소통 에너지를 줄일 수 있다.

받는 것이 먼저가 아니라 주는 것이 먼저

소통의 표준화 작업에도 불구하고 리더는 여러 상황에서 뒷목을 잡

---

16 《P31》하형록, 《가인지경영》김경민, 《체크! 체크리스트》아툴 가완디 참고.

을 일이 빈번하다. 특히 사장의 경우에는 '내 맘 같지 않은 직원들' 때문에 울분이 생긴다. 그것은 직원 입장에서도 마찬가지다. 아무리 열심히 해도 알아주지 않는 상사가 원망스럽다. 나름의 최선과 충성심이 상사에게 발견되지 못했다는 생각에 이직을 꿈꾸게 된다. 이런 소통의 사각지대에서는 성경에서 가르치는 내용을 따라가면 생각보다 문제가 쉽게 풀리는 것을 경험할 수 있다.

성경에는 황금률이 나온다. "그러므로 무엇이든지 남에게 대접을 받고자 하는 대로 너희도 남을 대접하라"(마 7:12). 내가 더 인정받고 싶으면 상대방을 더 인정해 주라는 말이다. 내 욕구가 채워지기 원하면 상대방의 욕구를 먼저 채워 주라는 말이다.

상대방을 찾아가서 먼저 그를 칭찬하고 욕구를 채워 주라. 그러면 상대방은 감정 계좌의 잔고가 올라가 기분이 좋아지고 행복해진다. 사람은 자기가 행복해지면 다른 사람을 행복하게 하려고 노력하게 되어 있다. 그래서 이제는 그 사람이 나를 칭찬하고 내 욕구를 채워 주기 시작한다. 그러면 나 역시 감정 계좌의 잔고가 높아지고 행복지수가 높아져 또 그 사람을 행복하게 만들려고 노력한다. 이런 것이 지속적으로 상승 작용을 일으키면 모두가 행복하게 된다. 내가 하나를 주면 그것이 둘이 되어 돌아오고 또 나는 셋을 주면서 조직의 행복지수가 더해지는 것이다.

다시 쓰레기 이야기로 돌아가 보자. 이제 쓰레기는 누가 주울 것인가? 회사를 더 사랑하는 사람이, 공동체를 더 소중히 여기는 사람이 줍는다. 더 성숙한 사람이, 더 사랑이 많은 사람이 하는 것이다. 그래서 어느 지혜로운 과장은 신입 사원에게 "누구도 안 하는 일, 누가 해야 하는지 불분명한 일이 생기면 그 일은 내가 하는 거라고 생각해라" 하고 가르쳤다고 한다.

다른 사람들을 배려하여 먼저 나설 줄 아는 사람들, 상대방의 성격과 기질을 잘 알아 서로가 서로를 행복하게 해주려고 노력하는 팀이나 조직은 반드시 성과가 높고 더 행복해질 수밖에 없을 것이다.

마지막으로 상대의 기질에 따른 소통법을 정리해 보자.

행동가형과의 소통

행동 지향적인 접근이 필요하다. 현재 해결해야 할 문제에서 출발한다. 결과를 낼 행동에 초점을 맞추어 빠르게 문제 해결 방안을 찾아 나간다. 서론이 길거나 본론에서 벗어나면 견디기 힘들어하기 때문에 대화나 코칭도 재미있게, 활력 있게 한다. 활용할 수 있는 자원을 확인하고, 어려운 문제를 쉽게 해결하는 방안을 찾는 등, 구체적이고 현실적인 대안 도출을 함께한다.

순발력이 강하므로 기발한 방법을 찾도록 질문한다. 방향이 자주 바뀔 수 있으므로 목표에 집중하도록 가이드 하고, 포커스 유지와 책임 관리를 잘 하도록 돕는다. 빠뜨리는 것이 많을 수 있으므로 잘 이행할 수 있도록 진행 상황 관리는 필수적이다.

인정을 받기 위해 한 번에 큰 성과를 이루고 싶어 하기 때문에 일의 절차를 밟고 절제가 필요함을 상기시킨다.

관리자형과의 소통

천천히 체계적으로 접근할 필요가 있고 순서에 맞춰 구체적이고 진지하게 대화한다. 변화를 힘들어하므로 변화의 의미를 찾아 주고 때론 강하게 동기부여한다. 약속, 예의, 시간관념, 일관성 등을 중요하게 생각하므로 그것들을 잘 지켜 준다.

염려와 걱정이 많으므로 일어나지 않은 것에 많은 고민을 하지 않도록 한다. 책임감을 발휘할 일들을 함께 찾고, 근면함, 성실함, 책임감, 헌신, 배려 등에 대해 인정과 칭찬을 많이 한다. 스스로 답을 찾아가는 것보다는 시키는 것을 잘하는 스타일이라 때로는 질문보다 차분하게 순서를 따라 가르쳐 주는 것이 좋을 때도 있다.

조금 더 큰 목표를 찾고 도전하도록 도와준다. 너무 형식에 얽매이지 않고 혁신적 대안을 찾도록 도전하고 도와준다. 자기 틀과 선입관이 강하므로 관점을 확대하는 질문을 많이 하고 상대방의 실수에 관대하도록 생각을 넓혀 준다.

전략가형과의 소통

큰 그림으로부터 시작하여 더 큰 목표를 향해 도전하도록 하고, 한계를 넘는 목표 성취 능력이 있음을 인정한다. 비전은 크지만 디테일이 약할 수 있으므로 비전을 이룰 수 있는 구체적인 방안을 찾아 실행할 수 있도록 지원한다.

개혁적이고 혁신적이므로 틀을 깨는 독창적 방안을 찾아보도록 도전한다. 가르쳐 주기보다는 스스로 답을 찾도록 질문하고 새로운 지식을 학습하도록 도와준다. 능력을 의심받거나 주도성이 약해지지 않도록 주의한다. 능력 없어 보이는 사람과의 대화를 별로 좋아하지 않으므로 능력 있는 인생 선배의 모습을 보이고, 논리적이고 논쟁을 좋아하므로 말려들지 않도록 주의한다.

강한 추진력, 성취욕, 기존 체계에 대한 도전, 판에 박히지 않은 자유로움 등의 강점이 부정적으로 발현될 수 있음을 인지시키고, 긍정적으로 활용되도록 도와준다. 직설적인 화법이 미칠 수 있는 부정적인 영향을 생각해 보도록 하고, 능력 없어 보이는 사람도 강점이 있음을 알게 하고 타인의 도움을 인식해 감사와 인정을 할 수 있도록 도와준다.

이상가형과의 소통

신뢰와 친밀감 형성이 가장 중요하므로 먼저 이 부분을 다룬다. 일에 대한 의미와 가치 발견 및 정체성을 가장 중요하게 생각하므로 그런 대화로 시작하고 충분히 생각하고 대답하도록 질문을 한다. 솔직하게 이야기할 수 있도록 안전하고 편안한 대화 환경을 만들어야 한다.

미래에 대한 상상과 비전을 많이 나눈다. 조직에서의 헌신과 노력을 인정한다. 일의 성과에 대한 도전과 질책이 그에 대한 공격이 아니라는 것을 인식하도록 하고 대화 시 일과 사람을 구분할 수 있도록 도와준다.

명확한 커뮤니케이션의 중요성과 방법을 익힐 수 있도록 돕는다. 타인의 요구를 모두 수용하기보다 할 수 있는 한계를 정하도록 한다. 갈등은 필연적으로 존재하므로 상황에 효과적으로 대응할 수 있는 방법을 배울 수 있도록 지원한다.

5부

성장중

몰입할 때 성과를 낳는다

ep18。

여러분은 왕관을 쏠

자격이 있습니다

밤사이 시원하게 비가 왔다. 신나리는 현관문을 나서기 전 퍼프 소매[17]의 밝은 하늘색 블라우스와 에스닉한 무늬의 팬츠를 입고 신발장 앞에서 스틸레토 힐[18]에 발을 넣었다가 고개를 가로저었다.

'아니야. 이건 안 어울려. 그때 신었던 웨지 힐[19]이 어디 있더라….'

신나리의 신발장에는 신발이 서로 뒤엉켜 겹겹 쌓여 있다. '정리 한번 해야 하는데…' 하고 생각만 하다가 금세 잊는다. 신발장은 출근 전에 딱 한 번 열어 볼 뿐이니 우선순위에서 밀리는 것이 당연하다.

---

17 어깨 끝이나 소매 끝에 주름을 넣어 부풀게 한 소매.

18 일반적으로 '뾰족 구두'라 부르는 신발.

19 밑창과 굽이 연결되어 있는 신발.

신나리는 머리 위로 우르르 쏟아져 내릴 듯한 신발들 사이에서 꽃이 달린 하얀색 웨지 힐을 용케도 찾아 신고는 자신의 모습을 흡족하게 바라보았다. 때마침 꽃 모양이 달린 가죽 핸드백과도 잘 어울려 더욱 만족스러웠다.

밖으로 나와 보니 어느새 비가 그쳐 있다. 눅진한 땅에서 올라오는 젖은 흙냄새, 흡만하게 물을 먹은 나뭇잎이 방긋 뿜어내는 초록색 향기가 황홀했다. 도심의 가로수 사이로 햇살이 삐져나와 바닥에 찬연한 빛과 그림자를 그리며 물결처럼 너울거렸다. 어느새 회사 앞까지 도착한 신나리는 걸음을 멈추고 바람이 사락사락 스치고 지나가는 소리를 들었다.

불과 얼마 전까지만 해도 아무리 달려도 끝이 없는 터널 속에 갇힌 기분이었다. 손을 뻗어도 허우적거리기만 할 뿐이었던 모든 일은 기적처럼 제자리를 찾고 있다. 그중에서 가장 기쁜 것은 신나리 자신의 마음에 힘이 생겨난 일이다. 탄식처럼 중얼거린 '사랑의 노트'는 그녀의 영혼 속에서 그 페이지를 펼쳐 보이기 시작했다. 누군가를 진정 이해하고 사랑할 수 있게 된다면 그것이야말로 벅찬 일이다.

불쑥 유평화가 눈앞에 나타났다. 웃음기로 가득한 눈가에 아름답게 패인 주름, 갈색 빛의 머리카락, 따뜻한 유평화 본부장이다.

"신나리 실장님, 안 들어가고 여기 서서 뭐하세요?"

신나리는 가끔 모든 일이 다 망가져 버린 듯한 기분이 들 때가 있다는 것과 지금은 또 모든 게 기적처럼 잘되고 있는 듯한 기분이 든다는 것, 바람이 너무 아름답고, 비 온 후의 싱그러운 향기는 말로 형용할 수 없다는 등의 얘기를 거침없이 조잘거렸다. "이럴 때 보면 꼭 소녀 같군요, 실장님은 정말 재미있는 사람이에요" 하며 유평화는 이야기를 유쾌하게 들어 주었다.

"신나리 실장님이 행복한 모습을 보니 저도 기쁩니다. 나는 우리 패션 사업부가 일을 잘하는 것도 중요하지만 일을 하는 과정에서도 좀 더 행복하기를 바랐는데 이제 정말 그 첫 단추를 끼운 것 같아요. 오늘이 벌써 마지막 코칭 시간이네요. 어서 들어갑시다."

신나리와 유평화는 세미나실로 들어갔다. 세미나실 안에는 이미 심차근, 백전진, 엄예리, 폴 코치가 커피와 다과를 즐기며 이야기를 나누고 있었다. 신나리와 유평화도 반갑게 인사를 하면서 그 무리에 합류했다.

코칭이 시작되자 폴 코치는 금색 테두리가 새겨진 수료증 케이스를 보여주며 말했다. 하드커버 안에는 멋스럽게 새겨진 왕관 모양과 함께 '크라운 코멘트'가 붙어 있었다.

"오늘 제가 준비해 온 것은 기질별 '크라운 코멘트'입니다. '코멘트'란 말은 보통 교육을 마치고 나서, 수료식을 하거나 순서를 마무리할 때 통상적으로 해 주는 기분 좋은 글 정도로 이해하면 좋을 것 같네요. 저는 지금부터 각자가 가진 '다름'에 대해서 이해를 돕고자 크라운 코멘트를 드리려고 합니다. 그리고 여기 새겨진 왕관은 여러분 모두 소통의 왕이 되시라는 의미입니다. 앞으로 업무에 자신의 강점을 활용하고, 서로를 강점 위주로 바라봐 주면서, 강점이 드러나는 소통을 하신다면 여러분은 왕관을 쓸 자격이 있는 것이지요. 자, 그러면 누가 저를 대신해서 낭랑한 목소리로 낭독해 주실까요?"

이번에도 역시 신나리가 서슴없이 자리에서 벌떡 일어났다. 네 개의 크라운 코멘트를 한번 눈으로 훑더니 맨 앞에 있는 것부터 읽기 시작했다.

"이 사람을 떠올리면 어미새의 날개와 같은 포근한 이미지가 떠오릅니다. 부드러운 솜사탕, 꿈으로 가득 찬 눈동자, 진심 어린 위로와 공감, 진실한 힘이 느껴지는 대화가 이 사람의 것입니다. 이 사람은 언제나 부드러운 인상과 말투로 주변 사람들에게 편안한 보금자리를 만들어 줍니다. 진정한 의미를 찾는 데에 있어서는 달인의 경지에 이르렀기 때문에 지금 우리가 '왜' 이 일을 해야 하는지를 이 사람에게 물어보면 언제든지 대답해 줄 것입니다. 이 사람의 눈은 언제나 미래를 보고 있습니다. 현실 세계에 없는 것을 꿈꾸기 때문에 때로는 옆 사람을 당혹스럽게 만들기도 합니다. 하지만 그런 부분은 현실적인 어려움을 별로 대수롭지 않게 여기는 장점으로 발동하기도 합니다. 자아를 온전히 찾고자 하는 열망으로 인해 '내가 걷고 있는 이 길이 정말 내가 가야 하는 그 길이 맞는가?' 하는 의심을 수도 없이 하는 이 사람을 보면 주변 사람들은 답답하다거나, 이해 불가라고 생각하기 쉽습니다. 하지만 이 사람의 마음에는 '진실의 방'이 있습니다. 벽면을 가득 채운 거울이 앞, 뒤, 옆모습을 비춰 주기 때문에 하루에도 여러 번 확인할 수밖에 없습니다. 그만큼 그 누구보다 사람에 대한 깊은 이해와 따뜻한 마음을 지니고 있는 이 사람을 우리는 사랑합니다. 그의 이름은 '이상가형'입니다."

코멘트를 감상하듯 듣고 있던 유평화가 '이상가형 크라운 코멘트'를 정중하게 받았다. 신나리는 두 번째 크라운 코멘트를 읽었다.

"이 사람을 보면 앞으로 전진만 할 줄 아는 불도저, 하루에 천리를 달릴 수 있다는 전설의 '천리마', 무엇이든 물어보면 알려 주는 '척척박사'와 같은 이미지가 떠오릅니다. 이 사람에게는 언제나 확신에 찬 목소리와 새로운 아이디어, 기발한 대안 등이 있습니다. 이 사람에게는 언제나 새로운 것에 대한 지적인 호기심과 학습의 욕구로 가득 차 있습니다. 그의 주변 사람들은 이 사람이 소소한 일상의 이야기에는 심드렁하다가도 미래의 비전과 구체적인 실천 사항에 대해서 이야기를 나눌 때에는 눈빛이 타오르는 것을 자주 보게 됩니다. '무엇을' 해야 하는가에 대한 조감도를 그리는 것은 이 사람의 주특기 중 하나라고 할 수 있습니다. 미래를 향한 전진과 높은 기준을 가진 이 사람은 주변 사람들에게 도무지 만족할 줄 모르는 사람이라는 인상을 줄 수도 있습니다. 경우에 따라서는 인정과 칭찬을 할 줄 모르는 냉혈한으로 비춰지기도 합니다. 왜냐하면 그는 처음에 생각했던 기대치보다 상대방이 잘했을 경우 즉각 기대치를 더욱 높이기 때문입니다. 그러므로 이 사람과 일하는 사람들은 더욱 높은 기대치를 표현하고 더 높은 수준의 업무를 요구하는 것 자체가 상대방에 대한 인정과 칭찬이라는 점을 기억해야 합니다. 그의 전략에 귀를 기울일 뿐 아니라 그의 전략과 대등한 전략을 제시할 수 있는 수준으로 자신을 빚어 나간다면 이 사람과 함께 행복하게 일할 수 있습니다. 우리 조직을 더 좋은 길로 나아가도록 힘차게 페달을 밟아 주는 이 사람을 우리는 존경합니다. 그의 이름은 '전략가형'입니다."

백전진은 크라운 코멘트를 받으며, "폴 코치님과 함께 미팅을 하면서 점점 독특한 저의 모습을 보게 되었고, 제가 무엇이 부족했는지도 알게 되었습니다. 폴 코치님, 감사합니다" 하고 꾸벅 인사를 했다. 폴 코치는 마주 인사하며 환하게 웃었다.

"백 과장님의 이야기를 들으니 저도 기쁩니다. 보람을 느끼는 순간이기도 하고요."

신나리는 나머지 두개의 크라운 코멘트를 번갈아 보다가 하나를 테이블 위에 올려 두고 나머지 크라운 코멘트를 읽기 시작했다.

"이 사람은 '사용 설명서'와 같습니다. 원칙과 기준, 공동의 규범, 질서, 정직과 같은 개념들을 소중히 여기는 반듯한 사람입니다. 생각만 반듯한 것이 아닙니다. 이 사람이 머무는 곳은 거의 대부분 물건들이 제자리에 있습니다. 그들은 정전이 되어 방안이 캄캄해진다고 해도 일상생활에 무리가 없을 정도로 모든 물건을 제자리에 놓습니다. 이것은 시작에 불과합니다. 모든 일에는 순서와 정해진 방법이 있다고 여기는 이들은 꼭 규범을 따라야 마음이 편합니다. 이 사람의 모습을 보며 주변 사람들은 융통성이 없다고 생각하기 쉬운데, 이들의 정리 욕구는 안정 욕구와 함께 연결되어 있습니다. 정리는 바로 안정을 확보하는 방법이기도 하기 때문입니다. 노트 필기를 할 때도 가지런히 줄 맞추기에 정성을 기울이는 이 사람의 마음속에는 '표'가 있습니다. 표 안에 들어 있지 않은 정보는 이 사람의 안정 욕구를 깨뜨립니다.

이 사람과 소통할 때는 원칙과 절차를 배려하는 차원에서 가이드라인을 주는 것이 좋습니다. 일을 할 때뿐 아니라 사람과 맺는 관계에서도 '디테일의 힘'을 발휘하는 이 사람은 다른 사람들이 미처 기억하지 못하는 세밀한 부분까지도 기억해 주고, 챙겨줄 수 있는 섬김의 아이콘이 되기도 합니다. 웬만해서는 약속시간에 늦는 법이 없고, 일의 마감 기한을 넘기는 일이 거의 없는 책임감과 신뢰를 주는 사람으로 통하기도 합니다. 조직에 안정감을 불어넣어 주는 이 사람을 우리는 믿습니다. 그의 이름은 '관리자형'입니다."

모두 다 웃으면서 심차근과 엄예리를 번갈아 쳐다보았다. 신나리는 엄예리와 심차근에게 크라운 코멘트를 전달했다. 그리고 마지막으로 남은 한 장을 폴 코치에게 건넸다.

"제 거는 코치님께서 읽어 주세요."

폴 코치는 흔쾌히 수료증을 받아 들었다.

"이 사람은 더운 여름에 먹는 빙수와 같이 시원한 사람입니다. 대부분의 사람들이 엄두를 내지 못하고 주저하는 일도 쉽게 시작할 수 있으며 무슨 일이든 첫 테이프를 끊는 역할을 도맡아 합니다. 이 사람의 머릿속은 만물상자처럼 온갖 정보들로 가득합니다. 여태까지 모은 정보를 충분히 활용하여 일하는 것을 중요하게 여기기 때문에 남들보다 일찍 일을 시작했지만 마감이 늦어지기도 합니다. 그 일에 활용되면 좋았을 자원과 사람들이 충분히 반영되었는지 살펴보는 습관 때문입니다. 이 사람은 주변 사람들에게 좋은 것을 주고 싶어 합니다. 이 사람의 주저하지 않는 행동과 빠른 실행력덕분에 좀 더 고민할 시간이 필요한 주변 사람은 무척 당혹스럽기도 하지만, 뭐든지 경험을 통해서 다시 더 나은 방법을 찾아보고 싶어 하는 업무 스타일을 존중해 줄 필요가 있습니다. 위기 대처 능력에 뛰어나고 불투명한 미래를 두려워하지 않는 모습은 비범하게 느껴집니다. 말만 무성한 사람이 아닌 행동으로 보여 주는 이 사람에게 우리는 매력을 느낍니다. 그의 이름은 '행동가형'입니다."

코멘트를 읽은 폴 코치가 신나리에게 크라운 코멘트를 전달하자 앉아 있던 사람들이 모두 박수를 쳤다. 폴코치는 목소리를 가다듬으며 말을 이었다.

"네 번의 만남이었지만 처음 시작할 때와 많이 달라진 모습이 보입니다. 함께 조직의 성과를 만들어 나가려고 집중하시는 모습이 무척 인상적이었어요. 마지막으로 정리하는 의미에서 몇 가지 당부의 말씀을 드릴게요. 회사라는 공간은 일을 해서 성과를 내야 하는 곳이기는 하지만, 결국 그 일도 사람과 함께해야 한다는 것을 잊지 마시기 바랍니다. 성과에 쫓겨 일만 바라보다가는 사람도 잃고 성과도 얻지 못할 수 있습니다. 일보다 먼저 사람을 바라보는 것이 중요합니다.

나와 다른 것이 틀린 것이 아니라는 것을 기억하시고, 나 중심적 대화에서 진정성이 전달되는 상대방 중심적 대화로 옮겨 가기 바랍니다. 모두에게는 각자의 강점과 무한한 가능성이 있다는 믿음으로 서로의 강점을 찾아주고 인정과 칭찬으로 동기부여해 준다면 직원들의 업무 몰입도가 올라가 저절로 높은 업무 성과로 이어지게 될 것입니다.

대화의 기술을 지속적으로 훈련하는 것도 잊지 마시기 바랍니다. 상대방의 속마음까지 들을 수 있는 맥락적 경청, 스스로 성찰하고 변화하게 만드는 강력한 질문, 기분 상하지 않게 상대방의 행동을 바꾸어 주는 교정적 피드백, 그리고 중립적 언어의 사용 등은 쉬워 보이지만 절대로 쉽지는 않습니다. 처음에 잘 안된다고 실망하거나 포기하지 마세요. 처음부터 잘하는 사람은 없습니다. 여기에 모인 리더들이 서로 격려하고 도와준다면 반드시 좋은 결과를 얻을 수 있을 것입니다. 이제부터가 시작입니다."

폴 코치의 말을 듣던 사람들의 두 눈이 '반짝' 하고 빛났다. 우리는 이제야 같은 차를 타고 도로를 따라 천천히 달리기 시작한 셈이다. 이 길을 가며 늘 좋은 일만 있지는 않을 것이다. 타이어가 펑크날 수도 있고, 기름이 떨어질 수도 있다. 길을 잃을 수도 있고 치명적인 위기의 순간에 빠질 수도 있다. 그러나 혼자가 아니라면 어떻게든 문제를 해결할 방법을 찾을 것이다. 그것이 인간이 가진 놀라운 반전이다. 각자의 자리에서, 스스로의 역할에 충실하며, 마치 톱니바퀴가 구르듯, 서로의 강점을 들어 쓰고 약점은 채우면서 차는 안전히 목적지를 향해 달려갈 것이다.

ep19.

터널의 암흑에는

끝이 있구나!

폴 코치와의 만남 이후 패션사업부는 활기차게 소통하기 시작했다. 그들은 만날 때마다 먼저 상대방의 말을 경청하는 습관을 가지기 위해서 노력했고 매주 '최고의 경청 상'을 시상하며 소소한 즐거움을 누리기도 했다.

또한 패션사업부 전 직원이 1박 2일 워크숍을 진행하며 모든 부서마다 공통으로 볼 수 있는 '열 가지 소통 탐구생활'을 새롭게 정했다. 모두가 잘 볼 수 있도록 벽에 붙여 두고 아침마다 한 목소리로 크게 낭독했다.

열 가지 소통
탐구생활

공명, 소통은 공명이다. 주파수를 맞추면 서로의 에너지가 올라간다.

경청, 상대방에게 최고의 존중을 표현하여 마음을 얻는다.

칭찬, 하루의 시작을 인정과 칭찬으로 시작한다.

중립적 언어, 내 판단과 해석, 비난이 없는 깨끗한 언어를 사용한다.

피드백, 성과와 성장을 위해 할 말은 주저 없이 한다.

긍정, 태도를 비난하지 않고 더 잘할 방법을 찾는다.

성장, 함께 성장하는 즐거움을 누린다.

강점, 우리는 성숙한 강점으로 일한다.

협력, 우리는 서로의 필요를 채워 주기 위해서 모였다.

몰입, 우리는 성과에 몰입하는 최고의 팀이다.

백전진은 밤을 새워 수식을 꼼꼼하게 관리하는 법을 연습하고, 심차근의 세밀한 지적을 겸허히 받아들이기 시작했다. 그리고 자신이 중요하게 생각하는 것만 회신하던 습관을 버리고 모든 업무에 대한 구체적인 회신을 꼬박꼬박 했다. 절차를 징검다리 건너뛰듯 하는 습관은 여전했지만, 자신을 관리하려는 노력에 심차근은 그를 항상 격려해 주었다. 백전진은 점차 부하직원들에게 '일의 큰 그림을 그려 주는 동시에 체계적으로 할 수 있도록 구체적으로 소통하는 리더'로 통하기 시작했다.

심차근 역시 부하직원들로부터 받은 보고서를 볼 때면 눈엣가시처럼 보이는 작은 실수들을 지적하고 싶은 마음이 굴뚝같았지만 인내심을 갖고 의도를 파악하려고 노력했다. 실수에 대한 지적으로 점철되어 있던 업무 미팅은 점점 생산성을 만들어 내는 방향으로 진전되어 갔다. 심차근은 백전진이 과도한 절차나 비효율적인 매뉴얼에 대해 문제의식을 토로할 때마다 이야기에 귀 기울여 들어 주었다. 그리고 백전진이 만들어 오는 대안과 전략들에 비어 있는 부분을 채워 주며 함께 프로세스를 혁신해 갔다.

심차근과 백전진이 주도하여 만들어 간 기획부의 프로세스 혁신은 패션사업부 전체에 활력을 불어넣었다. 그동안 해결되지 않던 매장끼리의 상품 회전 관련 문제를 해결하고, 매장 안에서의 판매율 분석을 통해 우수 판매 매장이 전 매장에 판매 지식을 공유하도록 장을 열기도 했다. 기획부의 팀워크는 부서의 최고 성과인 적중도 향상에도 크게 영향을 미쳤다. 기획부는 매 시즌 트렌드를 읽기 위해 디자인실과 긴밀히 협력했고 기획부가 수집한 통계 자료를 디자인실에 모두 공유했다.

신나리는 같은 디자인이라도 지역 상권의 특수성에 따라 판매 실적이 상이하다는 것을 발견하고 좀 더 현장의 소리를 듣기 위해 '디자인 데이'를 열었다. 각 매장의 매니저들을 디자인실로 초대하여 그들에게 '이런 옷이 있었으면 좋겠다' 하고 생각하는 것을 그려 달라고 요청하기도 했다. '디자인 데이'는 상상 외로 좋은 결과를 가져왔다. 고객을 직접 상대하는 매장 매니저들은 고객들이 "이런 옷은 없어요?"라며 물었던 기억을

되살려 디자인실에 제안했고 디자인실은 그것을 다듬어 상품 기획 단계에 내놓았다. 좀 더 고객들의 니즈를 반영하기 위해서 상품 개발 회전 속도를 빠르게 할 방법을 고민한 결과 '디자인 인트라넷'을 별도로 구축하고 매장 매니저들과 실시간으로 소통할 수 있는 애플리케이션도 개발하기에 이르렀다.

인트라넷의 체계를 잡는 단계에서는 엄예리의 꼼꼼함이 빛을 발했다. 엄예리가 가지고 온 폴더 간의 상하관계도는 놀라울 정도로 깔끔했다.

유평화는 사업부 안에 '직원의 소리마당'을 열어 직원들이 자신의 성취와 새로운 시도를 자랑하는 문화를 만들어 나갔다. 그리고 직원들의 교육비 지원은 물론, 자신이 교육받은 것을 지식 보고서로 정리해서 내는 '지식 공모전'도 상시 운영하여 직원들의 성장을 독려했다. 그뿐만 아니라 회사 내에서 성과 지표와 마찬가지로 직원들의 성장 지표도 공식적으로 만들어 회사가 직원들의 성장을 중요하게 여긴다는 것을 공식화했다.

신나리는 이러한 변화가 놀라웠다. '터널의 암흑에는 끝이 있구나. 빠져나오는 날도 있는 거였어!' 하고 생각하며 흥겨운 마음으로 메일을 확인했다. 마우스를 클릭하는 순간 메일 알림이 깜박거렸다. 확인해 보니 현장 판매 지원 요청 소식이 담긴 전체 메일이었다.

사실 레인보우 패션사업부의 변화는 내부적인 것에서 그치지 않았다. 얼마 전 'BBC의 굴욕'을 유튜브로 만들어서 공유하자는 백전진의 제안에 프로젝트 팀을 꾸려 촬영한 영상을 SNS에 뿌린 것이 화제를 모은 것이다. 제목은 'BBC도 외면한 불통 팀의 기적'이라는 영상이었다. 솔직하고도 재치 넘치는 대사들과 젊은 감성에 맞는 자막 편집으로 영상은 조회수가 기하급수적으로 늘더니 판매에까지 영향을 미쳤다. 영상 중에 등장한 유니크한 디자인의 옷들이 시청자들을 매장으로까지 이끌어 낸 것이다. 덕분에 레인보우 스퀘어에는 사상 초유의 품절 대란까지 벌어지고 있었다.

매장의 판매를 돕기 위해 현장 지원에 나간 사람들은 현장 판매 사원들과 함께 매장 곳곳을 누볐다.

"백 과장님! 여기 그래픽 티셔츠가 다 빠졌어요! 재고 있는지 한번 찾아봐 주세요!"

엄예리는 구슬땀을 흘리며 백전진에게 소리를 질렀다. 백전진은 전산을 통해 재고가 없다는 것을 발견하고 타 매장에 회전 요청을 넣어 두었다. 예전에는 일일이 전화를 하거나 전산에 입력해 두고도 오래 기다려야 했지만 최근 바뀐 프로세스를 이용하면 회전 요청 매장에서 고객의 집으로 직접 배송을 해 줄 수 있었다. 신나리는 고객에게 환하게 웃으며 상냥하게 말했다.

"고객님, 이 옷이 지금 저희 매장에서는 품절인데 여기 샘플 옷으로 입어 보시고 마음에 드시면 댁으로 배송해 드릴게요."

한편 심차근은 거울 앞에서 고민에 빠진 고객을 보고 슬며시 다가갔다. 고객의 양손에 들려 있는 모자를 번갈아 보며 말을 건넸다.

"색상은 왼쪽이 더 잘 어울리시는군요. 그런데 오른쪽 모자가 여러 가지 색상의 옷과 무난하게 잘 어울리는 기본형이긴 합니다. 무난한 것을 원하시면 오른쪽, 고객님의 얼굴형과 잘 어울리는 것은 왼쪽을 추천해 드립니다."

고객은 깜짝 놀라 심차근을 위아래로 훑어보았다. 차분한 중저음의 목소리로, 마치 패션 컨설턴트처럼 제안해 주는 이야기에 솔깃했다. 보통은 상품을 무조건 팔려고 좋은 말만 하는데 자신에게 필요한 것에 초점을 두어 조언을 주는 것이 몹시 마음에 들었다.

"둘 다 주세요."

모자를 계산하고 전송 인사까지 깍듯하게 하는 심차근을 신나리가 팔꿈치로 툭 치며 말했다.

"부장님, 숨은 재능 발견인가요? 판매를 왜 이리 잘해요? 오늘만 해도 세트 판매 몇 번째예요?"

판매 지원은 성공적이었다. 심차근, 백전진은 매장을 정리하며 창고에 있는 재고량과 실제 판매 수량을 대조해 보았고 수치가 정확하게 맞을 때까지 물건을 차곡차곡 정리하며 마무리 지었다. 엄예리는 포스 옆에서 매니저를 도와 전산 입력을 도왔다. 신나리는 배송 신청 리스트를 정리했다.

"다들 늦은 시간까지 고생 많으셨습니다!"

유평화는 양손 가득 프라이드치킨을 들고 "먹고 합시다!" 하며 테이블 위에 내려놓았다. 사람들은 그제야 콧잔등에 송골송골 맺힌 땀을 닦으며 하던 일을 멈추고 고소한 냄새를 솔솔 풍기는 야식 앞으로 모여들었다. 유평화는 막힌 혈관이 뚫린 이후, 온 몸에 피가 도는 효과를 톡톡히 보고 있는 패션사업부를 생각하며 눈을 감고 감사 기도를 했다. 이것은 일체감이 만드는 신비로운 몰입의 즐거움이다.

ep 20.

함께 일하는 몰입의
즐거움을 배웠습니다

오늘은 승진 심사의 최종 단계인 최고경영자 인터뷰가 있는 날이다. 신나리는 대기실 의자에 무릎을 붙이고 앉아 구두 끝만 노려보고 있었다. 어제 대청소를 하느라 거칠어진 손가락을 활짝 펴서 빤히 쳐다보기도 했다.

승진 심사를 하루 앞두고 많이 긴장되느냐는 후배 직원들의 격려 어린 질문에도 별다른 말을 하지 않고 일찌감치 퇴근했다. 집에 와서는 신발장 속에 쌓인 구두를 모두 꺼내어 버릴 것을 추려 내고 먼지를 싹싹 닦아 냈다. 목욕탕의 타일 틈새에 붙어 있는 거뭇한 곰팡이를 솔로 문지르고, 온 집안을 쓸고 닦았다. 결국 신나리는 지친 몸으로 일찍 잠들 수 있었다. 그렇지 않았다면 뜬눈으로 밤을 지새고 지금쯤 퀭한 몰골로 이 자리에 앉아 있었을 지도 모를 일이었다.

"신나리 실장님, 들어오세요."

인사팀 직원이 신나리의 차례를 알렸다. 인터뷰실에는 회장을 포함한 유평화 본부장, 인사팀 상무가 나란히 앉아 있었다. 신나리는 침을 꼴깍 삼켰다. 회장이 먼저 입을 열었다.

"신나리 실장이 일 열심히 잘하는 것이야 레인보우가 다 알지. 어때, 요즘도 여전한가?"

회장의 질문에 신나리는 손끝까지 전기가 흐르는 것 같았다. 여전? 여전하느냐는 말은 뭘까. 매번 승진 심사에서 떨어졌던 그 모습 그대로 여전한 것이냐는 질문일까? 그렇다면 신나리는 여전하지 않다. 그렇다고 '저는 이제 변했습니다'라고 대답하자니 낯간지러워 참을 수 없었다. 궁색한 부정도 긍정도 아닌 대답들이 머릿속에 맴돌았다. 회장은 너무 긴장하지 말라며 성과보고서와 다면 평가지를 넘겼다.

"자네 성과 보고는 이미 서류를 통해서 보았네. 난 한 가지를 묻고 싶군. 내가 자네를 리더로 세워야 할 이유가 뭔가? 자네는 일을 좋아하고 잘하려고 하지만 리더로서 팀을 이끄는 것은 전혀 다른 문제야. 자네는 과거 그 부분에서 디자인실 실장으로서 좋은 성적을 보여 주지 못했어. 지난 1년간 새롭게 배운 것은 무엇인가? 한 가지만 말해 보게."

신나리는 허리를 곧추세우고 말했다.

"회장님, 맞습니다. 저는 지난번 승진 심사에서 두 번이나 연거푸 탈락하면서도 왜 그런 결과가 나온 건지 이해하지 못했습니다. 저에 대한 주변의 부정적인 평가를 인정할 수가 없었지요. 오히려 제 쪽에서 그들

을 부정하고 있었습니다. 그러나 BBC 사건을 통해서 소통의 리더십이 얼마나 중요한지 알게 되었습니다. 소통의 부재는 조직에 치명타를 안겨 줄 수 있다는 것을 배웠습니다.

저는 그동안 저만 열심히 일하면 된다고 생각했던 것 같습니다. 우리 가 팀으로 함께 성과를 내야 한다는 생각을 마음속 깊이 하지 못했습니다. 그러다 보니 일에만 관심을 쏟고 직원들에게는 별 관심을 두지 못했습니다. 다른 사람이 무엇을 하고 있는지 행동의 결과만 보며 정작 그 일을 하는 당사자가 어떤 사람인지, 무슨 생각을 하고 있는지 몰랐습니다.

한 달간 네 차례의 코칭을 통해서 진정한 소통이 없이는 팀의 시너지가 나지 않는다는 것을 알게 되었습니다. 모두 겉으로는 아무렇지도 않은 척 했지만 자신들이 존중받는다는 느낌을 받지 못했기에 점점 감정적으로 지치고 골이 깊어졌습니다. 그것이 사업부의 해결 과제였습니다."

회장은 안경을 고쳐 쓰며 물었다.

"그래서, 방법을 찾았나?"

"네, 찾았습니다. 상대방 중심으로 소통하는 것입니다. 그렇지만 진정한 소득은…."

신나리는 잠시 말을 멈췄다.

"방법을 찾은 것에서 끝나지 않고 모든 동료들이 힘써 실천하며 함께 이루어 가려는 노력을 해 준다는 것이었습니다. 아는 것에서 머무르지 않고 우리의 것이 되도록 다들 애써 준 덕분에 다른 파동으로 이어져 나 갈 수 있었습니다. 그래서 제게 새롭게 배운 한 가지만을 꼽으라고 하신다면, 저는 '함께 일하는 몰입의 즐거움'을 배웠습니다."

신나리는 인터뷰를 마치고 회장에게 특별히 코칭의 기회를 준 것에 대한 감사를 전했다. 신나리는 복도에 나와 벽에 기댄 채 한참을 서 있었다. 스스로 생각하지도 못했던 말들이 입밖으로 나오기도 했지만, 자신의 마음에 있는 이야기들을 밀도 있게 고스란히 내 놓았던 것이 몹시 만족스러웠다.

유평화는 인터뷰실에서 나오며 복도에 서 있는 신나리의 어깨를 두드리며 말했다.

"승진 심사는 진정한 의미에서는 검증과 평가라기보다는 승진자가 스스로 자신을 돌아볼 기회를 주는 시간이지요. 오늘은 평소보다 훨씬 더 멋있었습니다. 자랑스러웠어요."

신나리는 유평화에게 고개를 숙여 인사를 한 뒤, 긴 복도를 걸어 나왔다. 곳곳에 쌓여 있던 먼지를 싹싹 닦아 낸 듯 쾌적하고 자유로웠다. 신나리의 구두 굽 소리가 노래하듯 복도에 메아리쳤다.

문제는 개발이 안 된 것이지 성격 자체가 아니다

조직의 리더에게는 두 가지 중요한 책무가 있다. 첫째, 목표 이상의 성과를 내는 것과, 둘째, 더 높은 성과를 내기 위해 조직원들을 성장시키는 것이다.

높은 성과를 내기 위하여 목표를 설정하여 모두가 공유하고, 그 목표를 이루기 위한 전략과 대안을 수립하고, 각 조직원에게 맞는 실행 계획을 만들어 실행하고, 적당한 시점에 리뷰하고 피드백함으로 방향을 조정하는 일련의 프로세스가 중요하다.

하지만 이 성과 프로세스의 어떤 것도 조직 내부의 원활한 의사소통 없이는 이루어 질 수 없다. 소통이 안 되는 조직은 목표를 잡아도 서로 다른 생각을 한다. 심한 경우 각자 가는 방향이 다르기도 하다. 목표를 위한 전략을 찾는 것도 쉽지 않다. 필요한 모든 정보가 공유되지 못하기 때문이다. 목표와 전략이 한 방향으로 정렬되지 않는 경우도 있다. 각자가 실행 계획을 수행할 때도 불만투성이다. 나만 손해 보는 것 같고 협력도 되지 않는다. 리뷰가 필요한 시점도 동의가 되지 않아 한참 잘못 나간 이후에 다시 돌아와야 한다. 결국 조직의 원활한 의사소통 없이는 절대로 원하는 성과를 얻지 못하는 것이다.

앞에서 다루었듯이 소통의 출발은 다름을 인정하는 것이다. 원활한 소통으로 한마음이 되면 서로 다른 강점을 활용할 수 있게 되고, 모두가 강점으로만 일하게 되니 자연히 쉽고, 편하고, 높은 기량을 발휘하고, 즐거워지면서 일에 몰입이 일어나 기대 이상의 성과가 나는 것이다.

티모시 골웨이(Timothy Gallway)는 《이너게임》에서 성과는 '잠재 능력'에서 '방해 인자'를 뺀 것이라고 하였다. 잠재 능력을 최대한으로 발휘하기 위해서는 방해 인자가 작용하지 않는 몰입 상태[20]가 되어야 한다. 또한 그는 일의 3요소를 '성과', '학습', '즐거움'이라고 하였다. 높은 성과와 학습을 통한 빠른 성장과 일에 대한 즐거움은 따로 있는 것이 아니라 늘 함께 움직인다는 것이다.

황농문 교수도 그의 저서 《몰입》에서 이렇게 말한다. "몰입 상태에서는 문제 해결과 관련된 새로운 아이디어가 끊임없이 떠오른다. 이때의 감정적인 변화도 매우 특별하다. 그 문제를 해결할 수 있다는 자신감이 솟구치고, 호기심이 극대화된다. 그리고 무엇보다 놀라운 것은 사고하는 즐거움이 뒤따른다는 것이다." 황교수는 괄목할 만한 성과를 만들어 내는 몰입이야말로 숨겨진 천재성(강점)을 이끌어 내고 인생의 즐거움과 행복을 만나게 해 준다고 강조한다. 다시 말하면 소통이 잘되면 몰입도가 올라가 성과가 나는 동시에 모두가 성장할 뿐 아니라 일하는 즐거움도 따라온다는 것이다.

함께 즐겁게 일하면서 성과를 내고 성장하기 위해서 중요하게 생각

---

20 'Flow'라고도 하며, 칙센트 미하이(Csikszentmihalyi)가 그의 저서들을 통해 개념을 도입하면서 상용되고 있는 개념. 그는 '몰입'이란 '삶이 고조되는 순간에 물 흐르듯 행동이 자연스럽게 이루어지는 느낌'이라고 표현하는데, 이는 어떤 활동에 몰입해서 시간이 흘러가는 것을 지각하지 못하고 푹 빠져있는 상태를 뜻한다.

해야 할 것이 있다. 비즈니스 리더로서의 성장은 그 사람의 개발된 성품과 역량에 좌우되는 것이지 타고난 성격적 기질이나 재능에 의해 좌우되는 것은 아니라는 점이다. 기질이나 재능은 태어날 때 얻는 선물로 좋고 나쁨을 평가할 수 없기 때문이다.

가끔 '성격이 내향적인 사람은 영업을 잘 못할 것 같다'고 말하는 사람을 만나지만 실제로 탁월한 영업사원 중에는 내향형인 사람도 매우 많다. 언변이 타고났다고 다 인간관계가 좋은 것은 아니다. 말만 화려하지 신뢰를 주지 못하는 사람도 많기 때문이다. 조직이 지향하는 인재상은 성품과 역량에 관한 것이어야 하고 이것은 타고난 기질과 재능을 바탕으로 개발되어야 하는 것이다. 개발이 안 된 것이 문제이지 타고난 성격 자체는 문제가 아닌 것이다.

갤럽에서도 타고난 재능과 개발된 강점을 구별하여 이야기한다. 재능을 '자연스럽게 생각하고 느끼고 행동하는 반복적 패턴으로 생산적으로 활용할 수 있다'고 정의하고, 강점은 '특정 분야에서 완벽에 가까운 성과를 통해 긍정적 결과를 지속적으로 내놓을 수 있는 능력으로, 강점 개발은 재능에 대한 투자부터 시작된다'라고 설명한다. 결국 성장에 필요한 두 가지 요소는 첫째, 타고난 성격과 기질을 가지고 조직에 필요한 성품으로 개발하는 것, 둘째, 타고난 기질적 강점을 가지고 조직에 필요한 역량으로 개발하는 것이다.

즉 영업을 잘하기 위해서는 탁월한 영업 역량이 필요하지만, 모두가 같은 강점을 가져야 할 필요는 없다. 행동가형은 미리 준비된 대안 없이도 일단 만나서 분위기의 흐름을 따라 대화를 이어 가며 영업을 한다. 순발력과 친화력, 빠른 행동력으로 영업을 하는 것이다. 관리자형은 순발력은 없지만 고객을 잘 섬기고 성실하게 관리한다. 약속을 잘 지켜 신뢰감을 쌓고 책임감을 보여 주며 영업 실적을 높인다. 전략가형은 성취 욕구로 지치지 않고 달라붙는다. 물론 해당 산업의 전문 지식은 더욱 신뢰감을 주고 모든 일에 대한 자신감 역시 고객이 믿고 물건을 사도록 만든다. 이상가형은 고객과 진심 어린 절친한 관계를 맺어 나간다. 이런 진정한 관계는 고객에 대한 강한 설득력으로 작용하여 영업 실적을 높인다. 다시 말하면 자기가 가장 잘하는 강점으로 성과를 내는 것이다.

그러므로 직원의 성장을 기대하는 상사에게 필요한 것은 타고난 강점과 필요한 역량을 구분하는 것이다. 그래야 필요한 역량으로 성장 목표를 잡고, 각자 타고난 기질적 강점을 활용하여 그 역량을 만들어 나가도록 도와줄 수 있다. 타고난 기질적 강점을 무시하고 다른 강점을 강요하여서는 절대로 성장에 이룰 수 없다.

그런 면에서 서로 다름을 인정하는 것은 성과를 올리는 것에만 도움이 되는 것이 아니라 직원을 성장시키는 데도 매우 중요한 역할을 한다. 각자 기질에 맞게 잘하는 것을 더욱 잘하게 하고 그 사람에게 맞는 동기부여를 함으로 더 큰 성장을 기대할 수 있게 된다.

미국 갤럽에서의 조사에 의하면 매일 자신의 강점을 활용하는 사람은 업무 몰입도가 그렇지 않은 사람에 비해 여섯 배 더 높다고 한다. 게다가 강점에 집중하는 팀은 생산성이 12.5퍼센트가 더 높다는 조사 결과도 있다. 우리 기업의 '예비 일 천재들'을 어떻게 강점에 집중하게 하고 성과에 몰입하게 할 것인가를 레인보우 패션사업부가 거쳤던 과정을 통해 생각해 보기를 바란다.

조직의 성과를 위한 프로세스와 직원 성장을 위한 코칭 리더십을 위해서는 코칭경영원의 스마트 코칭 과정을 추천한다.[21]

---

21 www.coachingi.com/bbs/content.php?co_id=smartcoacning

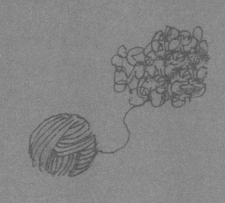

어쩔 수 없는 갈등,
조화를 이루려는 노력이 필요하다

행복한 조직은 어떤 모습일까? 아무리 성과가 좋더라도 번번이 불협화음을 일으키는 직원과 함께 갈 수 있을까? 아무리 성격 좋고 주변 사람들과 관계가 좋더라도 맡은 일에 성과를 내지 못하는 직원과 함께 갈 수 있을까?

평생을 교육과 비즈니스 분야에서 살아온 우리 부부는 다양한 유형의 사람들과 함께 일을 해 왔다. 유평화 같은 상사, 엄예리 같은 직원, 심차근, 신나리, 백전진 같은 동료들과 함께하는 조직 생활은 언제 터질지 모를 폭탄을 안고 지내는 것처럼 버겁고 힘들었다. 일이 어려운 게 아니라 사람들과의 갈등이 힘들어 건강이 상한적도 있었고 포기하고 싶은 적도 많았다.

아마 우리만 힘들지는 않았을 것이다. 신나리 같은 상사를 둔 엄예리도 힘들었을 것이고, 심차근 같은 상사를 둔 백전진도 힘들기는 마찬가지였을 테니 말이다.

십수 년 전, 우리 부부가 기질 강의를 처음 들었을 때 강사가 해준 말이 기억난다.

"갈등이 일어나는 것은 피할 수 없습니다. 그 갈등을 어떻게 조화롭게 해결해 나가는가가 중요합니다."

우리가 사회에서 조직을 이루며 생활을 할 때 갈등은 불가피하다. 전혀 다른 기질의 아이들을 교육하는 교사들, 다양한 기질의 고객을 응대하고 상황을 대처하여야 하는 서비스 업종 사람들, 다른 기질의 동료들과 함께 일해야 하는 직장인들, 다양한 기질의 직원들을 고용한 사장들… 이들 모두 다른 기질로 인한 갈등을 마주할 수밖에 없다. 그리고 갈등이 많은 조직은 성과를 낼 수가 없다.

우리에게 남은 숙제는 기질에 따르는 갈등이 존재할 수밖에 없다는 것을 받아들이고 모두가 함께 높은 성과를 만들어 가는 조직을 만드는 것이 아닐까? 성과와 관계 중 하나를 선택하는 것이 아니라 성과와 관계 두 마리 토끼를 다 잡는 조직을 만드는 것 말이다.

그렇다면 이 기질은 어디서부터 배워야 할까? 답은 가정이다. 우리 부부 역시 사각형의 꼭짓점과 같은 네 가지 기질의 아이를 키운 경험이 있었기에 심한 갈등과 오해가 생길 때 마다 서로의 다름을 인정하고 대처할 수 있었다. 한 뱃속에서 나온 아이들도 이렇게 차이가 극명한데, 한평생을 달리 살아 온 남은 어떻겠는가?

우리 둘 다 마흔 살이 넘어서야 겨우 내가 어떤 사람인지, 무얼 좋아하고 잘하는지, 어떤 욕구가 있는지 알게 되었다. 그러면서 "이걸 좀 일찍 알았더라면 훨씬 더 효율적으로 후회 없이 살 수 있었을 텐데"하며 후회하곤 했다.

만약 신나리를 비롯한 레인보우 패션 사업부의 직원들이 어려서부터 가정에서 나는 어떤 사람이고 가족들의 기질은 어떻게 다른지 배웠더라면, 사회에 나왔을 때 만나는 타인과의 갈등을 처리 할 지혜가 준비되지 않았을까 하는 생각이 든다.

그런 면에서 2014년부터 고등학교 기술가정 교과서에 "서로 달라도 서로를 잘 알면 행복해 질 수 있다"는 기질의 차이에 대한 내용이 우리 책을 참고서로 해서 소개 된 것은 정말 감사한 일이다.[22]

가정은 기질의 차이를 이해하고 배우기에 가장 좋은 연습 장소이자 훈련 센터이다. 어려서부터 당연히 싸우게 되는 형제, 부모와의 어려움 등 가족 관계의 갈등을 기질의 차이로 먼저 이해하고 해결해 나간다면, 학교에서의 갈등

---

22 고등학교 기술·가정 교과서(천재교육, 2014-2015) 31페이지에 수록.

의 실체도 파악이 될 것이고, 조직과 사회에서의 갈등 또한 같은 맥락에서 이해할 수 있다. 그러면 갈등 많은 우리나라도 좀 더 행복한 사회가 될 수도 있지 않을까 생각해 본다. 이렇게 된다면 우리가 십수 년을 걸려 쓴 이 '성격' 시리즈는 드디어 그 목적을 다한 것이다.

네 가지 기질 분류를 위한 질문들[23]

1 **나는 문제를 바라볼 때**

☐ [C] 순서대로 이해하며 세세한 것을 본다.

☐ [D] 개념적으로 이해하며 큰 그림을 본다.

2 **나는 상황을 인지할 때**

☐ [C] 눈에 보이는 사실에 집중한다.

☐ [D] 미래 가능성과 상상의 세계에 더 관심이 있다.

3 **나는 어떤 상황을 기억할 때**

☐ [C] 오감으로 체험한 구체적 사실들이 먼저 기억난다.

☐ [D] 그 상황이 무엇을 의미했는지, 당시 내 느낌은 어땠는지를 기억한다.

4 **나는 기억한 것을 제3자에게 전달할 때**

☐ [C] 무엇을 보고 들었는지 구체적이고 사실적인 내용을 이야기한다.

☐ [D] 당시 상황은 간단히 설명하고, 그 일의 상징적 의미나 내 느낌, 앞으로 어떤 영향력을 끼치게 될지 등을 이야기한다.

---

23 Michael Lanphere 의 Personality Sorter Questionnaire 참조.

5 나는 어떤 사람에게 더 매력을 느끼는가?

☐ [C] 현실감각이 있는 사람.

☐ [D] 언제나 새로운 아이디어를 내는 사람.

6 나는 다른 사람에게 어떻게 보이기 원하는가?

☐ [C] 전통적이고 관례를 따르고 경험을 중요시하는 사람.

☐ [D] 독창적이고 새로운 것을 시도해 보는 사람.

7 나는 문제를 해결할 때

☐ [C] 세부적인 것에 집중하고 실용적이고 명확한 문제를 더 잘 해결한다.

☐ [D] 새로운 개념을 만드는 일이나 복잡하고 이론적인 문제를 더 잘 해결한다.

[C] (현실형) 가 더 많이 나오면 8번으로 이동

[D] (이상형) 가 더 많이 나오면 15번으로 이동

8 나는 일상에서

☐ [G] 내가 원하는 대로 주변이 정리되어야 편하다.

☐ [H] 주변 상황을 있는 그대로 받아들이는 편이다.

9 나는 일할 때

☐ [G] 계획한 대로 일이 잘 진행되어야 뿌듯하다.

☐ [H] 계획에 융통성이 많고 새로운 상황도 즐겁다.

10 **일을 추진할 때**

☐ [G] 한 가지 목표를 세우면 다른 것을 잘 보지 않는다.

☐ [H] 새로운 정보가 생기면 쉽게 방향을 바꾼다.

11 **일을 진행해 나갈 때**

☐ [G] 일 처리에 대한 자기 방식이 분명하다.

☐ [H] 새로운 방법에 관심 있고 그것을 즐긴다.

12 **시간을 보는 나의 관점은**

☐ [G] 시간은 관리 대상이며 늦는 것이 힘들다.

☐ [H] 시간을 일할 수 있는 기회로 보며 느긋하다.

13 **특별한 일을 처리할 때**

☐ [G] 시작하기 전에 미리 조심스럽게 계획을 세우는 편이다.

☐ [H] 일을 처리해 가면서 상황에 따라 대책을 세우는 편이다.

14 **나는**

☐ [G] 마감 시간을 지키고, 결론도 빨리 내는 것이 중요하다고 생각한다.

☐ [H] 마감 시간도 중요하지만, 더 좋은 보고서나 결론을 위해 조금 지연될
수도 있다고 생각한다.

[G] (정리형) 가 많이 나오면 관리자형.

[H] (개방형) 가 많이 나오면 행동가형.

15 의사 결정할 때

☐ [E] 원칙이나 공평하고 객관적인 기준에 의해 결정하는 것이 편하다.

☐ [F] 일이나 상황의 의미의 가치 또는 상대방의 입장 등을 고려해서 결정 하는 것이 편하다.

16 어떤 사람으로 인정받기 원하는가?

☐ [E] 공정하고 한결같고 합리적인 사람

☐ [F] 진실한 감정을 가진 고마운 사람

17 나에게 더 잘 어울리는 단어는?

☐ [E] 굳건한 의지

☐ [F] 따뜻한 마음

18 나는 일을 처리할 때

☐ [E] 상대방에게 상처를 줄 수도 있지만 원칙대로 하기를 원한다.

☐ [F] 정면 대결이나 갈등이 힘들어 피하려 한다.

19 다른 사람들과 한 팀에서 일할 때

☐ [E] 갈등이 있어 조화롭지 않아도 원칙과 비전에 맞으면 견딜 수 있다.

☐ [F] 갈등이 지속되면 견디기 힘들다.

20 내가 일하는 스타일은

☐ [E] 일 중심적이고 사무적이다.

☐ [F] 사람 중심적이고 개인적이다.

21 나는 다른 사람을

☐ [E] 납득시키려고 하는 편이다.

☐ [F] 감동시키려고 하는 편이다.

[E] (사고형) 가 많이 나오면 전략가형.

[F] (감정형) 가 많이 나오면 이상가형.

나의 기질은

행동가형, 관리자형, 전략가형, 이상가형 중에

_____형.

참고문헌

- 《가인지경영》 김경민, 가인지북스, 2018
- 《결혼 후 나는 더 외로워졌다》 송지혜, 이백용, 경양비피, 2013
- 《그 남자의 욕구 그 여자의 갈망》 윌라드 할리, HCS역, 비전과 리더십, 2004
- 《남편 성격만 알아도 행복해진다》 송지혜, 이백용, 비전과리더십, 2016
- 《만화로 읽는 아들러 심리학》 이와이 도시노리, 호시이 히로후미, 후카모리아키 그림, 황세정 역, 까치, 2015
- 《몰입》 황농문, 알에이치코리아, 2007
- 《사람을 남겨라》 정동일, 북스톤, 2015
- 《사랑의 또 다른 얼굴 분노》 게리 채프먼, 장동숙 역, 두란노, 2002
- 《성과 향상을 위한 코칭 리더십》 존 휘트모어, 김영순 역, 김영사, 2007
- 《신뢰의 법칙》 존 맥스웰, ㈜웨슬리퀘스트 역, 21세기북스, 2006
- 《아이 성격만 알아도 행복해진다》 송지혜, 이백용, 비전과리더십, 2010
- 《어떻게 원하는 것을 얻는가》 스튜어트 다이아몬드, 김태훈 역, 에이트포인트(8.0), 2011
- 《유쾌하게 자극하라》 고현숙, 울림, 2007
- 《위대한 나의 발견 강점혁명》 도널드 클리프턴, 톰 래스, 박정숙 역, 청림출판, 2017 갤럽 강점 코칭 고급 과정 교재
- 《이너게임》 티머시 골웨이, 최명돈 역, 오즈컨설팅, 2006
- 《적을 만들지 않는 대화법》 샘 혼, 이상원 역, 갈매 나무, 2008
- 《진정성 리더십》 빌 조지, 도지영 역, 21세기북스, 2018
- 《체크! 체크리스트》 아툴 가완디, 박산호 역, 21세기북스, 2010
- 《코칭하는 조직만 살아남는다》 고현숙 외 9명, 두앤북, 2019
- 《폭력 대화에서 비폭력 대화로》 세레나 루스트, 김영민 역, 비전과리더십, 2010
- 《프레임》 최인철, 21세기 북스, 2007
- 《피드백 이야기》 리처드 윌리엄스, 이민주 역, 토네이도, 2007

- 《화내지 않는 기술》 시마즈 요시노리, 포북, 2011

- 《P31》 하형록, 두란노, 2015

- 《I'm Not Crazy, I'm Just Not You: The Real Meaning of the 16 Personality Types》 Roger R. Pearman&Sarah C. Albritton, Nicholas Brealey Publishing US, 2010

- 《In His Image》 Mike E. Lanphere, Xulon Press, 2010

- 《In His Image: Understand Your Personality》 Mike&Linda Lamphere, Oak of Righteousness Ministry

- 《LifeTypes: Understand Yourself and Make the Most of Who You Are》 Sandra K. Hirsh&Jean M. Kummerow, Grand Central Publishing, 2009

- Personality Test, Keirsey Temperament Website. www.keirsey.com

- 《Please Understand Me: Temperament Character Intelligence》 David Keirsey&Marilyn Bates, Prometheus Nemesis Book Co,U.S., 1984

- 《Please Understand Me II : Temperament Character Intelligence》 Prometheus Books, Keirsey, David, 1998

- 《The Art of Dialogue: Exploring Personality Differences for More Effective Communication》 Carolyn Zeisset, The Center for Application of Psychological Type(CAPT), 2011

- 《The Coach U Personal and Corporate Coach Training Handbook》 Coach U Inc. John Wiley&Sons, 2005

- 《Type Talk: The 16 Personality Types That Determine How We Live, Love, and Work》 Otto Krieger&Janet M. Thuesen, Dell, 1989

- 《Type Talk: The 16 Personality Types That Determine How We Live, Love, and Work》 Otto Kroeger, Janet M. Thuesen, Dell Publishing Company, 1989

- 《Type Talk at Work(Revised): How the 16 Personality Types Determine Your Success on the Job》 Otto Kroeger, Janet M. Thuesen, Hile Rutledge, Delta, 2002

- 《Wired for Conflict: The Role of Personality in Resolving Differences》 Sonda VanSant, CAPT, 2011